Jörg Graser

Weißbier im Blut

Jörg Graser

Weißbier im Blut

Roman

Langen*Müller*

MIX
Papier aus verantwortungsvollen Quellen
FSC® C014496
www.fsc.org

Besuchen Sie uns im Internet unter
www.langen-mueller-verlag.de

Umschlag: atelier-sanna.com, München
Foto Jagdgewehr: Shutterstock/Marius de Graf
Satz: Buch-Werkstatt GmbH, Bad Aibling
Gesetzt aus: 10,5/13,7 pt Garamond BQ
Druck und Binden: GGP Media GmbH, Pößneck
Printed in Germany
ISBN 978-3-7844-3301-1

Wir haben nur ein Leben,
es geht bald vorbei.
Was wir für Gott getan haben,
ist alles, was bleiben wird.

Muhammad Ali

1

Kreuzeder ließ sein Handy bimmeln. Erst nach dem achten Klingelton setzte er sein Weißbierglas ab und wischte sich mit dem Handrücken den Schaum aus den Bartstoppeln.

»Kreuzeder.«

»Hier Becker. Wir haben einen Mord! In Rechenbrunn, Kressenau drei. Ein Bauernhof.«

»Jetzt hab ich mir grad einen Schweinsbraten bestellt.«

»Dann bestellen S' ihn wieder ab.«

»Ich ess ganz schnell.«

»Sie essen gar nicht. Sie fahren jetzt sofort da raus. Sie wissen selber, dass das um Sekunden geht. Jede Sekunde, die Sie vertrödeln, ist schon wieder ein Vorsprung für den Täter.«

»Jaja.«

Ein Mord in der Mittagspause! Vor zwanzig Jahren, als er noch achtzig Kilo schwer war, wär der Kommissar Kreuzeder auf diesen Anruf hin aufgesprungen, hätte sich mit knurrendem Magen hinters Steuer geklemmt und wär wie eine gesengte Sau zum Tatort geprescht. Aber mittlerweile hatte er schon bald hundert Kilo und dachte gar nicht daran, auf seinen Schweinsbraten zu verzichten. Er ließ es sich schmecken und gönnte sich dazu noch ein paar Weißbier und etliche Obstler. Je mehr er das Gefühl hatte, dass die Menschheit an einem Abgrund entlangtaumelte, umso weniger wollte er sich einmischen. Er verscheuchte nicht mal mehr die Fliegen von seinem Braten. Das Handy bimmelte erneut. Er ließ es bimmeln.

Früher hätte er ein Wirtshaus wie den Grauen Raben nur zu Ermittlungszwecken betreten. Hier war alles zerkratzt, die Steinfliesen, die Tische, die Stühle und sogar die Gäste. Aber das Essen war auch nicht schlechter als in der Polizeikantine, durch die er bereits gewohnt war, das nasse grüne Papier zu ignorieren, das als Salat serviert wurde. Außerdem konnte er hier die Fettaugen in der Soße besser verdauen, denn es gab die dazu erforderlichen Mittel. Und er hatte hier einen verwaisten Stammtisch entdeckt, der durch einen Wimpel für einen Raucherclub reserviert war. Das bayerische Rauchverbot hatte die Stammtischbrüder vertrieben, aber der Wirt hatte ihre Bekennerfahne nicht weggeräumt, aus Protest und weil sowieso immer genug Tische frei waren. Das war genau das, wonach Kreuzeder der Sinn stand: ein Stammtisch ganz für sich allein. Nun thronte er, obwohl selber Nichtraucher, nahezu täglich hinter diesem blauen Wimpel mit der silbernen Borte, auf den »Smoking Champions« gestickt war. Vom Morddezernat bis zum Grauen Raben brauchte er eine halbe Stunde. Der Dezernatsleiter Becker schaffte es an diesem Tag in zwanzig Minuten.

»Ich hab's doch gewusst.«

»Mahlzeit.«

»Jetzt werden S' nicht auch noch frech. Das hat Folgen, Herr Kreuzeder. Diesmal kommen Sie mir nicht davon. Sie hören jetzt augenblicklich auf zu essen.«

»Bin gleich fertig.«

»Sofort hab ich gesagt! Was ist los mit Ihnen? Sind Sie krank? Haben Sie irgendwelche Depressionen?«

»Nicht, dass ich wüsst.«

»Machen wir uns nichts vor. Sie sind seit Jahren völlig desinteressiert. Ihre Aufklärungsquote tendiert gegen null. Sie sind der schlechteste Mordkommissar von ganz Niederbayern, wahrscheinlich von der ganzen Welt.«

»Jaja.«

»Wir haben einen Mord, Herr Kreuzeder, wenn Ihnen das was sagt. Einen Mord!«

»Zahlen!«

Die Kellnerin rief »Komme gleich« und verzog sich zitternd hinter die Theke, wo sie ein paar Zettel aus einem Kästchen fischte und mit einem Kugelschreiber darauf herumrechnete. Zwischendurch bohrte sie mit ihrem Zeigefinger im Ohr und schenkte sich einen Whisky ein, den sie während des Rechenvorgangs unbedingt brauchte. Becker war fassungslos.

»Wollen Sie jetzt im Ernst hier warten, bis die Dame so weit ist?«

»Ich bin kein Zechpreller.«

»Was ist bloß los mit Ihnen? Wenn Sie nicht mal

mein bester Mann gewesen wären, hätt ich Sie schon längst rausgeschmissen.«

»Das können Sie gar nicht.«

»Und ob ich das kann. Auch für einen Beamten gibt es den Punkt, wo er untragbar wird. Und den haben Sie schon längst überschritten.«

Eine Whiskyschwade, durchmischt mit dem Duft von Maiglöckchen und kaltem Schweiß näherte sich dem Tisch. Die Kellnerin war mal eine schöne Frau gewesen. Sie hätte früher glatt im Moulin Rouge auftreten können. Vielleicht nicht gerade in Paris. Straubing hat auch ein Moulin Rouge. Aber inzwischen musste sie um jeden Verehrer kämpfen.

»Also wenn Sie Unterstützung brauchen, Herr Kreuzeder, für meine Stammgäste geh ich durchs Feuer.«

»Ist schon in Ordnung, Gerda.«

»Zum Beispiel als Zeugin. Wenn Sie mal eine Zeugin brauchen. Ich kenn die Prozedur.«

»Nein, nein, lassen S' nur.«

Kreuzeder klappte seinen Geldbeutel auf. Er mochte diese Frau, jedenfalls solange sie auf der anderen Seite des Tisches blieb. Sie zog den Zettel zu Rate, auf dem sie ihre Rechenkunst ausgeübt hatte.

»So. Das wär jetzt der Schweinsbraten gewesen, fünf Weißbier und sechs Obstler. Macht zweiunddreißig Euro zwanzig.«

»Vierunddreißig.«

»Die Firma dankt.«

Als sie rausgab, kam Becker wieder in Schwung.

»Hab ich das richtig gehört? Sechs Obstler? Wollen Sie jetzt in diesem Zustand Auto fahren?«

»In was für einem Zustand?«

»Das kommt in Ihre Akte, Herr Kreuzeder. Und zwar alles. Und jetzt nehmen S' ein Taxi und das zahlen S' gefälligst selber.«

2

Es dauerte noch eine Weile, bis das Taxi eintrudelte. Der Fahrer war nur schwer für den Auftrag zu begeistern, nachdem er die Alkoholfahne gerochen hatte. Er legte vorsichtshalber eine Tüte neben seinen Passagier auf den Rücksitz. Becker verzog sich erst, als der Wagen außer Sichtweite war. Seitdem er zum Kriminaloberrat befördert und Leiter des Morddezernats geworden war, hatte er sich nur noch selten persönlich an einen Tatort bemüht. Die Nerven spielten nicht mehr mit. Er verlegte sich darauf, seine Untergebenen anzutreiben, und führte sogenannte Qualitätskontrollen ein. Er verlangte ausführliche Protokolle von seinen Mitarbeitern und verfasste Beurteilungen. Aber je schlechter die Noten waren, die er Kreuzeder verpasste, desto dünner wurden dessen Berichte. Manchmal war auf seinem Diktiergerät, das er der Sekretärin auf den Tisch legte, nur noch ein Schnaufen zu hören.

Die Fahrt mit dem Taxi führte ihn zweiunddreißig Kilometer in den Bayerischen Wald hinein, vorbei an Wiesenhügeln und Fichtenwäldern, an Möbelhäusern und Baumärkten, und durch Dörfer mit Kirchen, Wirtshäusern, Edeka, Aldi, Norma, Lidl, Penny, Netto, Real oder Rewe. In Rechenbrunn gab es außerdem noch eine Tankstelle. Der Ortsteil Kressenau bestand aus einzelnen, über Feldwege erreichbaren Bauernhöfen, die über Hügel und Waldlichtungen verstreut waren. Schließlich kamen sie nicht mehr weiter. Die Zufahrt zum Hof Nummer dreieinhalb war mit Autos vollgestellt. Kreuzeder musste sich zu Fuß hinbequemen. Der Taxifahrer war erleichtert, dass die Tüte keine Verwendung gefunden hatte und er ordentlich bezahlt wurde, und brauste sofort davon.

Der Hof war uralt, unten aus Granitsteinen und oben aus von Sonne und Wind über Jahrhunderte schon fast schwarz gegerbtem Holz. Kann auch sein, dass es von etlichen Altölanstrichen so dunkel war. Er stand trotzig und stolz auf einer Anhöhe. So was gab es nur noch selten im Bayerischen Wald. In den Sechziger- und Siebzigerjahren waren die Leute hier durch Urlauber aus dem Ruhrgebiet zu Geld gekommen und hatten ihre alten Waldlerhäuser weggerissen. Vielleicht waren die Bewohner dieses Hofs zu misstrauisch gewesen, um »die Fremden« zu beherbergen. Jetzt standen hier überall Neugierige herum und Polizisten, die die Neugierigen am Weitergehen hinderten. Den Kreuzeder wollten sie natürlich auch nicht durchlassen, schon wegen seiner Fahne, aber er hat seinen Dienstausweis gezückt.

»Mordkommission Passau. Wie schaut's aus?«

»Keine Ahnung. In der Scheune hat's einen derbröselt. Mehr weiß ich auch nicht.«

»Mhm.«

Die Kollegen von der Spurensicherung, weithin erkennbar an ihren Marsanzügen, waren schon fleißig dabei, den Tatort zu inspizieren und alles zu fotografieren. Sogar ein Huhn, dessen weißes Federkleid mit getrockneten Blutspritzern gesprenkelt war, wurde eingefangen und mehrerer Federn beraubt. Die Scheunenwand war von innen her eingedrückt, offensichtlich durch den staubigen alten Mähdrescher, der zur Hälfte im Freien stand, mit dem zersplitterten Holz unter den Rädern. Zwischen den niedergewalzten Brettern ragte ein Arm hervor. Die Finger der Hand waren gespreizt. Ein paar schwarze Lederfetzen im Dreck könnten einmal zu einer Aktentasche gehört haben. Kreuzeder entdeckte den Geländewagen des Gerichtsmediziners. Der Arzt lehnte an der Seitentür und rauchte ein Zigarillo.

»Wo ist denn der Rest von der Leiche?«

»Vermutlich im Mähdrescher.«

»Also Gulasch.«

»Wohl mehr eine Roulade. Diese Maschinen machen doch so Bündel. Wir warten auf den Mann, der das Ding aufschraubt. Dann darf ich alles abkratzen und einsammeln.«

»Mahlzeit.«

»Ich bin Pathologe geworden, weil mir die Kranken auf die Nerven gegangen sind. Als Arzt hast du ja den ganzen Tag nur mit Kranken zu tun, von früh bis spät. Und Tote haben den Vorteil, dass sie nicht mehr jammern. Aber sie können einem auch ganz schön auf den Wecker gehen. Diese vorwurfsvollen Blicke …«

»Na, dann schaun Sie mal, ob Sie ein Auge finden.«

Kreuzeder wandte sich an einen Kollegen von der Spurensicherung, der mit einer Pinzette ein zerfranstes Lederstück aus dem Matsch fischte und in einem Zellophanbeutel verstaute.

»Was dabei, womit wir was anfangen können?«

»Lauter Schmarren.«

»Sauber.«

Er sah sich um. Einer der Streifenwagen hatte ein Freyunger Kennzeichen. Auf dem Beifahrersitz saß ein Polizist und aß ein Butterbrot. Den knöpfte er sich vor.

»Sind Sie von hier?«

»Mhm.«

»Wer hat denn die Polizei verständigt?«

»Der Bauer. Holzner heißt er. Wir haben dann gleich in Passau angerufen, wie wir die Scheiße gesehen haben.«

»Haben Sie eine Flüstertüte?«

»Haben wir noch nie gehabt.«

»Dann müssen S' jetzt Ihre Stimmbänder strapazieren. Alle Autos, die nicht auf den Hof gehören, müssen weg. Und von dem Auto, das übrig bleibt und das nicht dem Bauern gehört, da stellen S' den Besitzer fest.«

Der Polizist hatte aufgehört zu kauen und sah sich ratlos um.

»Dazu müssen S' natürlich aus dem Auto aussteigen, Herr …«

»Wobka.«

»Wir sind heut alle gefordert, Herr Wobka.«

Im Haus waren die Vorhänge zugezogen. Kreuzeder watete durch den Matsch und ging hinein, ohne anzuklopfen. Im Vorraum standen drei Paar Gummistiefel. Die Küche war verwaist und so gemütlich wie ein Krankenhausaufenthalt. Aus dem Halbdunkel schimmerten giftgrüne Plastikmöbel aus den Siebzigerjahren. Am anderen Ende des Raums war eine Tür, hinter der Musik dudelte. Es war das Wohnzimmer. Die Töne kamen aus dem Fernseher. Superman flog gerade zwischen Wolkenkratzern umher. Es war wohl eine Wiederholung, weil es ja erst nachmittags war. Soweit es bei dem wenigen Licht zu erkennen war, gab es drei Zuschauer, den Bauern, seine Frau und ein Kind. Sie ließen sich nicht stören.

»Mahlzeit.«

Der Mann war der Einzige, der sich umdrehte.

»Mahlzeit.«

»Ich bin von der Kripo. Kann ich Sie mal was fragen?«

»Von mir aus.«

»Ja, wenn Sie bitt schön mal in die Küch mitkommen würden. Sie auch, Frau Holzner.«

Die beiden Bauersleute erhoben sich schwerfällig aus ihren Sesseln und folgten dem Kommissar missmutig in die Küche.

»Ich möcht nicht unbedingt vor dem Kind mit Ihnen reden. Ist Ihnen der Tote bekannt?«

Der Bauer murmelte mehr, als dass er sprach. Sein

Gesicht war so widerborstig wie seine struppigen Haare. Er sah aus, als hätte ihm gerade jemand seinen Traktor zerbeult.

»Nicht, dass ich wüsst. Man sieht ja nix. Der ist ja in der Maschin.«

»Wo sind S' denn gewesen, wie das passiert ist?«

»Am Feld.«

»Sie auch, Frau Holzner?«

Die Bäuerin nickte.

»Kann das sonst noch irgendwer bezeugen?«

Der Bauer brummte erst, bevor er sich zu einer Antwort bequemte.

»Hmm. Ich weiß nicht. Ich hab niemand gesehen. Wissen S' schon was?«

»Nein. Ich bin grad erst gekommen. Außerdem ist mir schlecht. Ich hab einen ziemlich fetten Schweinsbraten erwischt.«

»Mögen S' einen Obstler?«

»Wenn S' einen dahaben.«

Der Bauer nickte seiner Frau kurz zu, und sie holte zwei Schnapsgläser aus dem giftgrünen Hängeschrank und stellte sie auf den Tisch, während er eine Flasche hinter dem Vorhang hervorzog, die auf dem Fensterbrett gestanden hatte. Es war kein Etikett drauf. Er pellte den Gummistopfen herunter und schenkte ein. Die beiden Männer tranken. Holzner blickte den Kommissar erwartungsvoll an, und der sah sich direkt zu einem Lob genötigt.

»Sehr gut. Haben S' den selber gebrannt?«

»Sag ich nicht.«

Die Wohnzimmertür sprang auf, und der Bub kam hereingerannt. Sein rundes Gesicht strahlte. Er hatte struppige Haare wie sein Vater und eine helle Kinderstimme.

»Der Superman ist der Sieger!«

Kreuzeder schmunzelte.

»Das hab ich mir fast gedacht.«

»Der kämpft für das Gute und gegen das Böse.«

»Sowieso.«

Die Holznerin schob ihren Sohn zurück ins Wohnzimmer.

»Jetzt geh nur wieder rüber, Moritz, und tu schön fernsehen.«

»Wo doch grad Werbung ist.«

»Dann schaltst halt so lang um.«

Sie machte die Tür hinter ihm wieder zu. Holzner schenkte erneut ein und bot seinem Gast nun sogar einen Stuhl an, was der gerne annahm.

»Gibt's hier noch viel Bauern in der Gegend?«

»Die meisten haben schon aufgegeben.«

»Lohnt sich nimmer, gell?«

»Mei, nicht so recht. Prost.«

»Prost.«

Die Gläser klirrten. Die Männer tranken. Der Freyunger Polizist kam herein. Er hatte einen Zettel in der Hand.

»Also das Auto gehört einem Herrn Brodl.«

Der Bauer verfiel wieder ins Murmeln.

»Brodl gibt's da mehrer.«

Wobka warf einen Blick auf seinen Zettel.

»Brodl Otto. Der war in der Sparkass tätig.«

Das Murmeln wurde immer brummiger und war nur mehr mit Mühe zu verstehen.

»Der Brodl Otto. Da schau her. Ja, ja. Ja so was.«

Kreuzeder stellte sein Glas wieder auf den Tisch.

»Was könnt denn der hier gewollt haben?«

»Keine Ahnung.«

»Haben S' Schulden?«

»Schulden? Nicht direkt. Ein bisserl vielleicht. Wieso?«

3

Ein paar Tage gingen ins Land, bis Kreuzeder wieder im Dezernat auftauchte. Es war gegen elf Uhr vormittags. Er trug einen alten Nadelstreifenanzug, der den Charme eines Staubfängers aus einem Import-Export-Laden in Bahnhofsnähe ausstrahlte. Der Stoff war entweder dunkelblau oder schwarz, so genau war das nicht auszumachen. Mit seinen fettigen schwarzen Haaren, die ihm in sein unrasiertes bulliges Gesicht hingen, sah er darin aus wie ein aus den Fugen geratener Schwergewichtler, dem die Preisgelder, die er sich zusammengeboxt hatte, in den Fingern zerronnen waren. Er machte sich einen Kaffee, verzog sich damit an seinen Schreibtisch und vertiefte sich in das Heimatblatt, die Passauer *Neue Presse.*

Kriminaloberrat Becker hatte Wind vom Erscheinen seines Untergebenen bekommen, vielleicht hatte er ihn gerochen, jedenfalls hatte er sich mit einer Akte unterm Arm in dessen Büro begeben und beobachtete ihn eine ganze Weile stumm. Dabei bekam sein Haupt allmählich Farbe. Als es dunkelrot mit einem bläulichen Schimmer geworden war, brach er sein Schweigen.

»Also, ich hab hier eine Akte, da steht alles drin, Ihre Verfehlungen von den letzten zwei Jahren. Da zeichnet sich ein Bild ab, das ist unfassbar. So was darf's eigentlich gar nicht geben. Ich fass einmal stichpunktartig zusammen. Sie kommen und gehen, wann Sie wollen. Manchmal bleiben Sie wochenlang dem Dienst fern.«

»Mit ärztlichem Attest.«

»Also ich bitt Sie, was sollen wir mit diesen Attesten anfangen? Da steht immer nur drauf Kreislaufstörung oder Vertigo. Ich weiß genau, was Vertigo heißt.«

»Umso besser.«

»Das soll vielleicht medizinisch klingen. Aber Vertigo heißt Schwindel. Und letztlich heißt das nichts anderes, als dass Sie Ihren Rausch ausschlafen.«

»Soll ich vielleicht betrunken in den Dienst kommen?«

»Das machen Sie sowieso dauernd. Wenn Sie einmal zur Arbeit erscheinen, dann sind S' ziemlich angeheitert, gell, pöbeln alle Leute an, mich, Ihre Kollegen, die Angehörigen von den Mordopfern. Da haben wir Beschwerden hier in Ihrer Akte, das ist ungeheuerlich. Ich brauch bloß aufschlagen, irgendwo. Hier zum Beispiel.«

Er öffnete die Akte an einem der zahlreichen Merkzettel.

»Da haben Sie zu der Frau eines höheren Beamten gesagt, sind S' froh, dass sie ihn los sind, und spendieren S' dem Mörder einen Schnaps.«

»Weil's wahr ist.«

»So was sagt man nicht zu einer frischgebackenen Witwe, die unter Schock steht.«

»Von wegen Schock. Die hat sich bloß nicht getraut, dass sie sich freut. Dabei war dieser Mord ein einziger Segen für sie.«

Kreuzeder legte die Zeitung weg, spazierte zum Waschbecken, zog einen völlig zerknitterten schwarz-rot-goldenen Schlips aus der Jackentasche und band ihn sich mit einem schiefen Knoten um den offen stehenden Kragen.

»Bei Ihnen stimmt was nicht im Kopf, Herr Kreuzeder. Ich muss Ihnen das einmal ganz offen sagen. Entschuldigen S' schon. Sie haben viel zu lang im Morddezernat gearbeitet. Über zwanzig Jahre. Das kann einen Menschen schon aus der Bahn werfen.«

»Ich muss jetzt leider los. Tut mir leid.«

»Was haben Sie denn vor?«

»Ich muss auf eine Beerdigung.«

»Wer ist denn gestorben?«

»Das Opfer.«

»Der Fall Rechenbrunn?«

»Genau.«

Er fischte einen Kamm aus der Gesäßtasche, machte ihn nass und zwang damit seine Haare glatt nach hinten. Das machte es eher noch schlimmer. Jetzt sah er aus wie ein Verbrecher, der in Geldnot ist. Becker nickte.

»Gut. Wenn Sie endlich mal ermitteln, da will ich Sie nicht länger aufhalten.«

4

Auch über dieses Gespräch machte der Dezernatsleiter Becker eine Aktennotiz. Er war lange genug im Polizeidienst, um zu wissen, dass an höherer Stelle letztlich nur das zählte, was irgendwo in Buchstaben gegossen wurde. Im Ministerium in Landshut galt er als Arbeitstier.

Kreuzeder tuckerte nach Oberkirch. Rechenbrunn hatte keinen eigenen Friedhof. Alles, was wichtig war, der Fußballplatz, die Pfarrei, die Sparkasse, Aldi, das Dänische Bettenhaus und die letzte Ruhestätte, war im benachbarten Oberkirch. Rechenbrunn hatte nur die Tankstelle und einen Sendemasten.

Erstaunlicherweise wurde ein Wägelchen mit einem Sarg über den Kiesweg gezogen. Kreuzeder hatte mit einer Urne gerechnet. Er hatte sich die Besichtigung der Überreste des Sparkassenangestellten erspart, aber den Gerichtsmediziner angerufen. Nach dem, was der ihm erklärt hatte, war das ein Fall fürs Krematorium. Die Identität von Otto Brodl ließ sich an einzelnen Zähnen und dem zerdellten Ehering feststellen. Aber die Witwe ließ es richtig krachen. Der Sarg war aus der Serie Wiener Barock und glänzte in der Mittagssonne wie eine Yacht. Da war entweder eine gewaltige Trauer im Spiel oder ein schlechtes

Gewissen. Vielleicht war es aber auch nur die Vorfreude auf den Scheck von der Lebensversicherung.

Der Kommissar kam ins Schnaufen, bis er das Häuflein der dunkel gewandeten Trauergäste, das hinter dem Sarg hertrottete, eingeholt hatte. Weiter vorne entdeckte er einen struppigen Haarschopf, der die Erinnerung an einen erlesenen Obstler in ihm wachrief. Der Haarschopf wippte ruckartig hin und her, offenbar redete der Mann munter auf seinen baumlangen Nachbarn, der trotz Sonne einen Regenmantel trug, ein. Seine Gewichtsklasse erlaubte es Kreuzeder, sich mühelos durchzudrängeln, bis er das Gespräch belauschen konnte.

»Also, ich möcht da jetzt wirklich nicht drüber reden, Herr Holzner. Das war ja immerhin mein Kollege, der Tote. Und das ist jetzt nicht der Ort. Eine Pietät muss schon sein. Kommen S' morgen zu mir in die Sparkass.«

»Nein, das möcht ich gleich wissen.«

»Die genauen Zahlen hab ich sowieso nicht im Kopf. Ich kann Ihnen nur sagen, dass das mit einem weiteren Kredit nicht mehr so einfach ist. Auf welche Sicherheiten denn? Der Hof ist doch sowieso schon total überschuldet.«

»Das gibt's doch gar nicht.«

»Kommen S' morgen in die Sparkass, dann reden wir.«

Der Regenmantelträger tätschelte dem Bauern gönnerhaft den Buckel und setzte sich mit ein paar weit ausladenden Schritten von ihm ab. Die Trauergesellschaft versammelte sich vor einem frisch aufgeworfenen Erdhügel. Während der Sarg mit zwei Seilen in die Grube gelassen wurde, gab der Holzner erst einmal Ruhe. Aber in seinem Gesicht bildeten sich finstere Gewitterwolken. Der Geistliche stellte sich neben dem provisorischen Holzkreuz am Kopfende des Grabs in Position. Er blickte reihum und legte eine Hand beschwörend auf die Bibel, die er dabeihatte.

»Jeden Tag, jede Minute, jede Sekunde geschieht irgendwo auf dieser Erde ein Mord. Im Irak kracht's, in Afghanistan kracht's, in Chicago kracht's sowieso, überall kracht's und jetzt auch in Rechenbrunn. So eine Zeit hat es schon einmal gegeben. Das war kurz vor der Sintflut. Das steht alles in der Heiligen Schrift.«

Er klappte die Bibel auf, strich das Eselsohr glatt und las:

»Da aber der Herr sah, dass der Menschen Bosheit groß war auf Erden und alles Dichten und Trachten ihres Herzens böse war immerdar, da reute es ihn, dass er die Menschen gemacht hatte. Und er sprach: ich will die Menschen, die ich geschaffen habe, vertilgen von der Erde!«

Er schlug das Buch wieder zu und schaute die Anwesenden an. Die Wirkung, die er erzielt hatte, beschränkte sich auf zwei Kinder, die sich erschrocken an den Hosenbeinen ihres Vaters festhielten. Für die anderen hätte er auch irgendwo einen Rasensprenger aufstellen können.

»Dann hat er die Sintflut geschickt. Nur Noah hat Gnade gefunden vor dem Herrn. Den hat er übrig gelassen mitsamt seiner Arche, wo seine Familie und obendrein noch ein Haufen Viecher drauf waren. Und wenn wir nicht umkehren, und wenn ihr euch nicht zamreißts und brav werdets, jeder Einzelne, dann ist es bald wieder so weit, und diesmal endgültig! Weil diesmal lässt er keinen mehr übrig, der Herr! Dann sagt er: Weg mit dem ganzen Glump! Menschheit, du hast von Anfang an nichts getaugt! Es ist fünf vor zwölf! Also tuts beten und reißts euch zam!«

Der Holzner hat sich aber nicht mal am Grab zusammengerissen. Kaum hatten sich die Trauergäste aufgereiht, um ein Schäufelchen Erde auf den Sarg zu werfen und der Witwe Beileid murmelnd die Hand zu drücken, da schob er sich schon wieder neben den Kollegen des Toten und griff nach dessen Regenmantel.

»Das gibt's nicht, dass der Hof überschuldet ist. Wieso auf einmal?«

»Pscht.«

»Aber wieso?«

»Das kommt durch Brüssel, verstehen S'? Dadurch ist das Agrarland einfach weniger wert. Außerdem kommen auch noch die Beschlüsse von Hongkong dazu. Dadurch sinkt der Verkehrswert noch einmal.«

»Was?«

»Ich erklär Ihnen das morgen. Das sind Freihandelsabkommen, und zwar internationale. Und in der Praxis heißt das, dass wir unsere Landwirtschaft nicht mehr so subventionieren dürfen. Also nicht mehr so viele Zuschüsse. Und dadurch ist das Agrarland praktisch viel weniger wert. Weil so was müssen wir einpreisen.«

»Du Drecksau!«

»Das nimmst zurück!«

Die beiden hatten sich im Handumdrehen mehr Aufmerksamkeit verschafft als der Pfarrer mit seiner Grabrede. Alle, die Witwe und die Angehörigen des Toten, seine Kolleginnen und Kollegen, Freunde und heimlichen Feinde, selbst der Geistliche und die Ministranten starrten auf den wütenden Bauern, der sich in den dunkelgrauen Regenmantel verkrallt hatte und immer lauter wurde. Sein Schimpfen gellte über den Friedhof.

»Ihr wollt mir den Hof abzwicken, gib's zu!«

»Wir wollen gar nichts! Der Sparkass wär's auch lieber, Sie könnten Ihre Hypotheken ganz normal tilgen, sodass wir um eine Versteigerung herumkommen!«

»Was!?«

»Lass aus!«

»Hast du Versteigerung g'sagt, du Drecksau!? Hast du Versteigerung g'sagt!?«

Der Bauer stieß wie ein wilder Stier mit dem Kopf gegen das Kinn des Sparkassenmenschen und brachte ihn zu Fall. Er wurde selber mit umgerissen, und schon kugelten die beiden über die Kieselsteine. Holzner gewann die Oberhand, kniete auf der Brust seines Verhandlungspartners und watschte ihn.

»Der Hof ist immer schon der Holznerhof gewesen und des bleibt der Holznerhof und wenn ich ihn mit dem Gewehr verteidigen muss! Ihr seids ein Diebsgesindel! Ihr schwatzt die Bauern Hypotheken auf, um ihnen ihr Sach abzuzwicken! Aber nicht mit mir!«

Es mussten dann schon ein paar kräftige Männer eingreifen, um die beiden zu trennen. Aber der wütende Bauer hörte nicht auf, um sich zu schlagen, und strampelte wie ein Maikäfer, als er fortgetragen wurde. Dabei schrie er unentwegt.

»Ich bin der Holznerbauer! Habts des verstanden? Der Holznerbauer bin ich! Und wennds ihr mich weghaben wollts von meinem Hof, dann nur als Leich! Aber da gehen einige von euch mit, das lassts euch g'sagt sein!«

Das Geschrei ebbte erst ab, nachdem er außerhalb des Friedhofs fallen gelassen wurde und davonschlich. Der Herr Fuchs, so hieß der Sparkassenangestellte, hatte sich bereits wieder aufgerappelt, wischte den Schmutz von seinem Regenmantel und murmelte:

»So eine Sauerei.«

Dann ging alles wieder seinen Gang. Die Witwe nahm die noch ausstehenden Beileidsbekundungen aufgewühlt entgegen. Und auch Kreuzeder schüttete ein Schäuflein Erde in die Grube, drückte der Frau Brodl die Hand und brummte:

»Das ist alles sehr, sehr traurig.«

5

Der Leichenschmaus fand im Vereinsheim der Spielvereinigung Oberkirch statt, die immerhin in der Bezirksoberliga kickte. Es war ein renovierungsbedürftiger Kasten im kühlen Chic der Siebzigerjahre, mit Resopaltischen und furnierter Theke. Aber es gab eine Vitrine mit bunten Wimpeln und Pokalen, und an den Raufasertapeten prangten Bilder vom Beckenbauer, vom Papst Benedikt und von einer Fußballlegende aus dem Bayerwald, die einst für Schalke 04 auf Torejagd gegangen war und mittlerweile immer noch im Ruhrgebiet lebte.

Die Rauferei am Grab hatte die Stimmung merklich gehoben. Das Essen war auch reichlich und kostenlos wie das Bier und der Schnaps. Und das war natürlich ein Argument. So ist es doch noch eine schöne Leich geworden, bei der der Sparkassenangestellte Fuchs schließlich aufstand, seinen Regenmantel ablegte und brüllte:

»Ruhe! Werd jetzt bald eine Ruh!«

Es dauerte eine Weile, bis der Lärm so weit abebbte, dass er ihn übertönen konnte.

»Der Otto ist bei der Sparkass gewesen wie ich. Aber sein Herz hat für die Spielvereinigung Oberkirch geschlagen. Wie meins. Er ist unser Kassenwart gewesen und als solcher unersetzlich. Er hat alles für den Verein gegeben, sogar seine ehelichen Pflichten hat er vernachlässigt. Wie oft ist er hier im Vereinsheim gesessen bis spät in die Nacht und hat gesagt: Was soll ich daheim? Mit dem Otto geht die Spielvereinigung unter und das darf nicht sein!«

Ein Zwischenrufer überbrüllte das Getöse.

»Mach halt du den Kassenwart!«

»Das ist jetzt nicht die Zeit und der Ort. Darüber reden wir ein andermal. Ein Prost auf den Otto! Wegen uns hätt'st nicht sterben brauchen! Adios, Muchacho! Auf ex!«

Die Schnapsgläser wurden gehoben, und ein vielstimmiges Rufen begleitete den hochprozentigen Abschiedsgruß an den treuen Kassenwart.

»Auf ex! Prost, Otto! Adios, Otto! Prost! Prost! …«

Auch die tapfere Witwe schüttete sich den Edelbrand mit rot glühenden Wangen in die Kehle. Dann schwoll das Geschrei und Gelächter wieder dermaßen an, dass keine weitere Rede mehr gehalten werden konnte. Es war auch alles gesagt. Kreuzeder hatte zum Gedenken an den Toten ein Gulasch, fünf Helle und sieben Williams vertilgt. Nun verspürte er das Bedürfnis, mit dem Geistlichen zu sprechen, wankte hinter den Stuhlreihen entlang und legte seine kräftige Pranke auf dessen Schulter.

»Darf ich Sie mal stören, Herr Pfarrer?«

»Bitt schön.«

»Was ist jetzt mit der Apokalypse? Kommt der Weltuntergang oder kommt er nicht?«

»Wir können nicht wissen, was Gott mit uns vorhat.«

»Sehen S', das ist genau meine Meinung. Warum sagen S' das nicht gleich?«

Er rückte sich einen Stuhl heran und quetschte sich hinter den Würdenträger, den etliche Kirschschnäpse mit der Vergeblichkeit seiner flammenden Grabrede schon wieder versöhnt hatten.

»Der Jesus hat doch dem Mörder verziehen, der mit ihm gekreuzigt worden ist, oder? So war das doch, Hochwürden? Warum hat er das gemacht?«

»Aus Barmherzigkeit.«

»Kann's nicht sein, dass er einfach gesehen hat, was das für ein armer Wicht war?«

»Das kommt aufs Gleiche raus.«

»Ich weiß gar nimmer, was ich machen soll. Ich bin in der Mordkommission, und die meisten Mörder, mit denen ich zu tun hab, sind geplagt. Von Habgier geplagt, vom Sexualdrang, von Dummheit, von allem Möglichen. Manche sind so dumm, die wissen wirklich nicht, was sie tun. Ich mag da gar nimmer hinschauen.«

»Sie machen sich zu viel Gedanken. Bringen S' die Mörder hinter Gitter und Schluss.«

»Wo ihm doch verziehen worden ist.«

»Es gibt eine himmlische Gerechtigkeit und eine irdische, Herr Kommissar. Und Sie sind für die irdische zuständig. Oder sind Sie der Jesus?«

»Nein.«

»Na also.«

»Sie machen sichs einfach. Schaun S', Herr Pfarrer, ich muss mich dauernd in Mörder reinversetzen, damit ich das rausfind, wer das gewesen ist. Was glauben Sie denn, was da passiert, wenn man tagein, tagaus fühlt und denkt wie ein Mörder? Beruflich sozusagen? Was da in einem vorgeht?«

6

Durch das Loch in der Scheunenwand schimmerte rotes Metall. Der Mähdrescher war wieder auf seinem Platz. Holzner lugte misstrauisch aus der Stalltür, als der grüne BMW auf den Hof gefahren kam. Kreuzeder musste sich erst einmal am Türgriff festhalten, nachdem er ausgestiegen war. Der Leichenschmaus hatte ihm zugesetzt. Er war schon etwas wackelig auf den Beinen, als er auf den Bauern zusteuerte.

»Es tut mir wahnsinnig leid, Herr Holzner, aber ich glaub fast, ich muss Sie verhaften.«

»Wega der Rauferei?«

»Nein. Schon eher wegen dem Mord.«

»Das bin ich net gewesen.«

Holzner verschwand im Stall. Kreuzeder folgte ihm nur zögernd. Er musste sich richtig überwinden, so unangenehm war ihm das alles. Und es war nicht der beißende Gestank nach Kuhpisse und Kalk, der ihm zu schaffen machte. Seine Augen mussten sich erst an das Halbdunkel gewöhnen. Die Kühe schlugen mit den Schwänzen, um die Fliegen für ein paar Sekunden zu vertreiben. Die Bäuerin fasste frisches Stroh aus einem Schubkarren und warf es in die Box einer Kuh, die einen unförmigen Bauch hatte. Ihr Mann verteilte es mit einer Mistgabel.

»Außerdem kann ich jetzt sowieso net weg. Sie sehn's ja selber. Die Daisy kann jeden Moment kalben.«

»Da muss Ihre Frau halt den Tierarzt rufen.«

»Den kann ich mir net leisten.«

»Sie haben Schulden, Herr Holzner. Und zwar massiv. Und da haben Sie sich nimmer rausgesehen. Ich bin sicher, Sie kriegen mildernde Umstände. Vielleicht kommen S' sogar mit zehn Jahr davon, wenn S' Glück haben.«

Holzner drehte sich um und richtete die Mistgabel auf den Eindringling.

»Ihr helfts alle zam. Ihr wollts mir den Hof abzwicken.«

»Damit hab ich nichts zu tun. Das wissen Sie selber.«

»Gar nix weiß ich. Zamhalten tuts! Alle miteinander! Und jetzt runter von meinem Hof! Aber sofort!«

Die Mistgabel kam rasch näher. Kreuzeder zog es vor, die frische Luft aufzusuchen. Der Bauer blieb breitbeinig in der Stalltür stehen.

»Des is mein Hof! Haben Sie des verstanden!«

»Natürlich.«

»Dann sagen S' es gefälligst die anderen! Des ist der Holznerhof, und ich bin der Holznerbauer! Des ist immer so gwesen und des bleibt auch so!«

Das Geschrei hatte den Buben aus dem Haus gelockt. Er zeigte auf den Kommissar und rief:

»Papi, der Mann ist bös!«

»Alle sans bös! Alle!«

Kreuzeder wankte zu seinem Wagen. Der Bub kam angerannt und schlug mit seinen kleinen Fäusten auf ihn ein. Aus dem Stall ertönte die Stimme der Bäuerin:

»Hans! Die Daisy!«

Holzner verschwand wieder zu den Kühen. Kreuzeder kramte sein Handy aus der Brusttasche seines Nadelstreif und tippte eine Nummer ein. Der Bub trommelte derweil mit den Fäusten auf seinen Bauch und trat, als er ihn wegschob, ein paar zusätzliche Beulen in sein Auto.

»Kommissar Kreuzeder. Mordkommission Passau. Ich brauch einen Streifenwagen. Rechenbrunn, Kressenau drei.«

»Dreieinhalb!«, schrie der Bub zornig.

»Was?«

»Mir san dreieinhalb! Kressenau dreieinhalb!«

»Kressenau dreieinhalb … der Holzner, ja.«

Bis die Polizisten da waren, hatte der kleine Moritz ein Rücklicht kaputt getreten, eine Zierleiste abgerissen und aus der Fahrertür eine Hügellandschaft gemacht. Wobka und sein Kollege stammten aus der Gegend und kannten den Holzner. Im Bierzelt waren sie auch schon mal mit ihm an einem Tisch gesessen. Sie warteten, bis das Kalb auf seinen wackeligen Beinen stand und die Holznerin es mit Stroh trocken reiben konnte. Als der Bauer mit ihnen zum Streifenwagen ging, klebte Kuhmist an seinen Gummistiefeln.

»Willst dir nicht andere Schuh anziehen?«

»Wegen euch bestimmt net.«

»Komm, lass ihn, des macht der doch extra.«

Kreuzeder fuhr hinter dem Polizeiwagen her. Der Bub warf ihm Steine nach.

7

Es war ein seltsames Verhör, das Kreuzeder mit dem Holzner im Passauer Dezernat veranstaltet hat. Nachdem Becker das Protokoll gelesen hatte, ließ er sich von der Sekretärin auch noch die Aufnahme vorspielen. Der Bauer schimpfte lauthals, während Kreuzeder ganz leise sprach und geradezu traurig klang:

»Ihr helfts alle zam! Ihr wollts mir den Hof abzwicken!«

»Damit hab ich nichts zu tun.«

»Erst meinen Obstler saufen und dann so daherkommen! Nicht mit mir! Ich bin der Holznerbauer!«

»Das hab ich schon verstanden.«

»Ihr seids alle Verbrecher!«

»Da geb ich Ihnen sogar recht.«

»Alle! Alle miteinander!«

»Das tut mir alles wahnsinnig leid, Herr Holzner …«

»Ihr gehörts alle an die Wand gestellt und erschossen! Da gehört kurzer Prozess gemacht! Ein Gesindel seids ihr! Ein Diebsgesindel!«

»Sie haben ja so recht. Sie sprechen mir aus der Seele.«

Beckers Stirnadern schwollen an. Er ließ den Verdächtigen gleich wieder ins Vernehmungszimmer bringen und bestellte auch Kreuzeder dorthin ein. Die Sekretärin musste auch mit, und zwei Polizisten mussten sich links und rechts von Holzner aufstellen. Dann legte er los.

»Herr Holzner, ich hab noch ein paar Fragen zu der Aussage, die Sie gegenüber dem Kollegen hier gemacht haben.«

»Ihr könnts mich alle mal kreuzweis.«

»Sie beschuldigen uns, dass wir Verbrecher sind. Oder wer ist mit ›alle‹ gemeint?«

»Ihr alle zam!«

»Also auch die Polizei?«

»Jawohl!«

»Wer noch?«

»Alle!«

»Banken? Versicherungen? Die Regierung?«

»Richtig!«

Becker wandte sich zu der Sekretärin.

»Frau Berthold, schreiben S' das bittschön zu dem Protokoll dazu: Ich präzisiere meine Aussage dahingehend, dass mit Verbrechern, die an die Wand gestellt gehören, Polizisten, Banken, Versicherungen und die Regierung gemeint sind.«

Der Bauer wollte aufspringen und wurde von den beiden Polizisten gleich wieder auf den Stuhl gedrückt.

»Wenn ich hier wieder rauskomm, dann kracht's!«

»Schreiben S' das bittschön auch, Frau Berthold.«

»Ich mach euch alle fertig!«

Die Sekretärin wurde allmählich konfus.

»Soll ich das in Anführungszeichen setzen, als direkte Rede?«

»Schreiben S', ich kündige hiermit an, dass ich nach meiner Entlassung aus dem Gefängnis mit Waffengewalt gegen den genannten Personenkreis vorgehen werde.

Herr Holzner, was meinen S' denn mit ›fertigmachen‹? Heißt das ›umbringen‹?«

»Jawohl!«

»Frau Berthold, schreiben S': Und zwar in Tötungsabsicht. Und dann drucken S' es gleich aus. Heutiges Datum und so weiter.«

Er lehnte sich zurück. Ein kleines Weilchen herrschte Schweigen. Nur das leise Klackern der Tastatur war zu hören. Kreuzeder war in sich zusammengesunken und hatte dem Verhör regungslos gelauscht. Jetzt hob er langsam den Kopf. Wenn Becker die beiden Augen gesehen hätte, die auf seinen Nacken gerichtet waren, während er sich mit einem Papiertaschentuch den Schweiß von der Glatze tupfte, wäre ihm vielleicht angst und bange geworden. So wandte er sich wieder an Holzner und fragte ihn so beiläufig wie in einer Unterhaltung über die Kartoffelpreise:

»Geben S' jetzt endlich zu, dass Sie den Brodl umgebracht haben?«

»Das tät euch so passen.«

»Sie wollen uns doch alle umlegen. Und mit dem Brodl haben S' angefangen.«

»Gar nix hab ich. Ich schmück mich nicht mit fremde Federn.«

Die Sekretärin überflog noch mal das Zusatzprotokoll. Der Drucker spuckte das Papier aus, und Becker legte es vor Holzner auf den Tisch, zusammen mit einem Kugelschreiber.

»Da können S' jetzt unterschreiben. Das sind Ihre Drohungen. Oder wollen S' alles wieder zurücknehmen?«

»Gar nix nehm ich zruck.«

Der Kugelschreiber kratzte über das Papier. Dann wurde Becker laut.

»Abführen!«

Der Stuhl scharrte über den Steinboden, als Holzner hochgerissen wurde. Sie hatten ihn an beiden Oberarmen gepackt. Er konnte sich nicht mal schütteln, so hatten sie ihn im Griff. Das Quietschen seiner Gummistiefel verlor sich rasch auf dem Gang. Becker warf sein nasses Taschentuch in den Papierkorb.

»In diesem Staat glaubt bald jeder, er kann die Polizei beschimpfen, beleidigen und bedrohen, wie er will! Ich lass mir doch nicht alles gefallen! Faxen S' das gleich rüber zum Staatsanwalt, Frau Berthold. Dann kommt zum Mordverdacht noch gleich eine Anklage wegen Bedrohung der Staatsgewalt dazu, Landesverrat, Aufruhr und so weiter und so weiter!«

»Ist recht.«

»Und Sie kommen mit in mein Büro, Herr Kreuzeder.«

Der Angesprochene rappelte sich langsam auf und sah seinen Vorgesetzten stumm an. Muhammad Ali musterte so seine Gegner, wenn er nach dem Pausengong aufgestanden war. Man konnte nicht wissen, was im nächsten Moment passiert. Becker wurde sofort höflicher. Wenn es ihm gelungen wäre, hätte er sogar ein Lächeln aufgesetzt.

»Ich weiß nicht mehr, was ich mit Ihnen machen soll. Wirklich nicht.«

Kreuzeder schwieg.

8

Der Leichenschmaus hing noch in Kreuzeders zerknittertem Nadelstreif. Becker öffnete ein Fenster, damit sich der Gestank nach Bier, Schnaps und Rauch nicht in seinem Büro festsetzte. Er zog die Akte, die er über seinen ehedem so tüchtigen Untergebenen angelegt hatte, aus dem Regal und blätterte darin.

»Ich sag's, wie es ist. Sie sind untragbar geworden. So wie Sie benimmt sich kein Kriminalbeamter. Hier. Da hat sich sogar ein Mörder über Sie beschwert, weil Sie gelacht haben, wie er den Tathergang geschildert hat.«

»Wer soll das gewesen sein?«

»Das war der Fall Bedelmeier.«

Kreuzeder schüttelte lachend den Kopf.

»Schaun S', jetzt lachen Sie schon wieder.«

»Weil das ein Stümper war. Ein totaler Stümper. Der Bedelmeier hat einen Vertrag mit einem Heiratsinstitut geschlossen, zwei Wochen bevor er seine Frau umgebracht hat. Bei dem sind am Nachtkastl Kataloge rumgelegen mit Thailänderinnen und Russinnen.«

»Ich weiß nicht, was es da zu lachen gibt. Das ist doch eine menschliche Tragödie, so was.«

»Der hat seine Frau mit dem Spaten erschlagen

und dann hat er sie in den Stall gezogen und untern Stier gelegt, dass der sie zertrampelt. Damit das Ganze wie ein Unfall ausschaut.«

»Das ist doch furchtbar.«

»Blöd ist das. Blöd. Wieso derschlagt er sie? Die Frau hat jeden Abend Schlaftabletten genommen. Vom Arzt verschrieben. Die hat geschlafen wie ein Ratz. Wenn er sie in aller Herrgottsfrüh ankleidet und untern Stier legt, wer will ihm da was nachweisen? Keine Zeugen weit und breit.«

»So sehen Sie das.«

»Ich sag ja, ein totaler Stümper. Und dann auch noch die Sache mit dem Heiratsinstitut. Hah!«

»Sie würden keine solchen Fehler machen?«

»Ich? Herr Becker, wenn ich jemand umbring, dann ist das ein perfekter Mord, das dürfen S' glauben. Ich bin jetzt seit zwanzig Jahren bei der Mordkommission. Ich bin wirklich ein absoluter Fachmann auf dem Gebiet. Ich kenn alle Schliche.«

»Sie waren ja früher mal der beste Kommissar von ganz Niederbayern. Und Sie waren so gut, weil Sie sich in die Mörder haben total hineinversetzen können. Ich weiß ja selber, wie das ist. Wann man zwanzig Jahre lang Mordgedanken im Kopf wälzt, das hinterlässt natürlich seine Spuren.«

»Wie meinen S' das jetzt?«

»Na ja, es ist schon merkwürdig, gell. Früher haben Sie fast jeden Mörder gestellt, und jetzt tendiert Ihre Aufklärungsquote gegen null. Man könnt fast meinen, Sie haben die Seiten gewechselt.«

Einen Moment herrschte Schweigen. Becker betrachtete sein massiges Gegenüber auf dem für ihn viel zu kleinen Stuhl, die von fettigen Haaren verhangene Stirn, das von schwarzen Bartstoppeln verfinsterte Gesicht, die eingetrockneten Gulaschflecken auf dem Ganovenanzug. Früher hätte man solche Typen von der Straße weg wegen Landstreicherei verhaftet. Heute saßen sie in den Chefetagen der Musikindustrie und dealten mit dem Geschrei und Geklimper von Drogensüchtigen. Oder arbeiteten bei der Polizei. Was waren das für Zeiten?

»Sind Ihnen Mörder eigentlich sympathisch?«

»Die meisten Mörder sind arme Säu.«

»Weil sie Stümper sind?«

»Nicht nur deswegen.«

»Haben Sie Mitleid mit den Tätern?«

Kreuzeder schwieg. Seine Miene verriet jetzt so viel wie die einer Schildkröte, die ihren Kopf eingezogen hat.

»Herr Kreuzeder, wir haben hier eine Menge ungeklärter Fälle. Genauer gesagt haben Sie in den letzten eineinhalb Jahren gerade mal zwei Fälle gelöst. Und das, obwohl Sie ein absoluter Fachmann in Sachen Mord sind, wie Sie selber sagen. Was soll ich jetzt davon halten?«

Von Beckers Gegenüber war nur noch ein leises, unruhiges Schnaufen zu vernehmen.

»Ich möchte, dass Sie sich einer psychologischen Untersuchung unterziehen. Können wir uns darauf einigen?«

»Das ist mir wurscht.«

Die Tür wurde aufgerissen und die Sekretärin platzte herein.

»Tschuldigung, aber wir haben schon wieder einen Mord! Rechenbrunn, Kressenau drei. Der gleiche Tatort! Und schon wieder der Mähdrescher!«

Kreuzeder wurde sofort nachdenklich und murmelte:

»Dreieinhalb. Kressenau dreieinhalb.«

Auch Becker war augenblicklich klar, was das bedeutete. Vielleicht hätte er den Mann mit den struppigen Haaren und den quietschenden Gummistiefeln weniger hart angefasst, wenn der nicht so nach Kuhmist gestunken hätte. Manchmal sind es solche Kleinigkeiten, die eine Anklage wegen Aufruhrs nach sich ziehen. Die Welt ist eben ungerecht. Aber verhaftet hatte ihn schließlich der Leichenschmausexperte im Nadelstreif.

»In diesem Zustand können Sie nicht fahren, Herr Kreuzeder. Ich werd Ihnen den Kollegen Klotz mitgeben. Irgendwann müssen wir ihn ins Wasser schmeißen. Erzählen S' ihm unterwegs den Stand der Ermittlungen. Dazu werden S' ja wohl noch in der Lage sein.«

9

Der altgediente Kommissar war viel zu müde, um dem jungen Mann, der offenbar als sein Nachfolger auserkoren war, einen längeren Vortrag zu halten.

»Sieht nicht sehr possierlich aus, wenn einer vom Mähdrescher rasiert worden ist.«

»Mir macht das nichts. Ich war als Zeitsoldat in Afghanistan. Wir haben dort mit Totenschädeln gespielt. Ein bisschen Spaß muss sein.«

Kreuzeder nickte, kippte die Rücklehne des Beifahrersitzes ein wenig nach hinten und schloss die Augen. Doch der muntere Geselle neben ihm gönnte ihm keinen Schlaf.

»Pennen S' mir bloß nicht ein, sonst kotzen S' mir noch die Karre voll.«

Das linke Auge klappte wieder auf. Klotz steuerte den Wagen mit einer Hand und hielt in der anderen ein Smartphone, auf dem er sich die Tatortfotos vom Fall Brodl ansah. Er hatte einen Stiftenkopf und ein Milchgesicht, in dem sich seit der Ministrantenzeit nichts getan hatte. Außerdem plauderte er gern.

»Afghanistan war total langweilig. Unser Oberstleutnant war eine feige Sau. Wir haben uns praktisch nur eingeigelt. Einmal hatten wir die Scheißerei. Die ganze Truppe. Das haben wir dem Minister zu verdanken. Diese Pfeife hat uns besucht und einen Leberkäs spendiert. Die edle Spende ist drei Tage in der Knallhitze am Flughafen in Kabul rumgestanden. In so einem Container, ohne Kühlung natürlich. Dann achtzehn Stunden im Lastwagen nach Kundus. Das Zeug hat gestunken wie ein toter Iltis. Aber wir haben's fressen müssen. Ein Geschenk vom Minister. Er selber war natürlich schon längst wieder abgedampft. Meine Fresse. Wir haben die ganze Nacht gekotzt und geschissen. Der Taliban hätt uns alle mit seinem Turban erwürgen können, so platt waren wir. Das war Afghanistan.«

Er hielt Kreuzeder das Smartphone vor das Auge. Auf dem Display war ein Foto des Mähdreschers zu sehen.

»Wieso ist die Tatwaffe nicht beschlagnahmt worden?«

»Wo wollen Sie denn mit einem Mähdrescher hin? In die Asservatenkammer?«

»Tatwaffen müssen immer beschlagnahmt werden. Das ist ein Automatismus.«

»Gut, dass Sie jetzt dabei sind.«

Kreuzeder schloss das Auge und machte es erst wieder auf, als der Wagen über einen Feldweg holperte. Der Mähdrescher stand diesmal auf der Wiese unterhalb des Holznerhofs. Unweit davon war ein Krankenwagen, in den gerade eine Trage geschoben wurde, von der Blut tropfte. Den Spuren nach war die Maschine eine Schlangenlinie gefahren, aber das Gras war geknickt und nicht gemäht worden. Wieder lungerten

Neugierige herum und glotzten; zwei Streifenbeamte passten auf, dass am Tatort nichts verändert wurde. Am Boden, vor dem Mähdrescher, lag ein aufgesprungener Musterkoffer, und rundherum waren Devotionalien verstreut, Lourder Madonnen, Jesusse mit blinkenden Heiligenscheinen, Kreuze und Bibeln, aber auch Buddhas und indische Elefantengötter.

Klotz übernahm sofort die Initiative und knöpfte sich einen Polizisten vor.

»Mordkommission Passau. Wie schaut's aus?«

»Die Ärztin sagt, sie kann noch gar nichts sagen.«

»Also lebt das Opfer noch?«

»Mehr oder weniger.«

»Wer hat den Mähdrescher gefahren?«

»Keine Ahnung. Die Bäuerin sagt, dass ihr Mann im Gefängnis ist, und sie weiß von nichts.«

»Wo ist die?«

»Im Haus.«

Der forsche Kollege marschierte gleich hinauf zum Hof, während Kreuzeder sich das Geschehen am Krankenwagen näher besah. Eine blutjunge Ärztin versuchte gerade, eine Infusion zu legen. Auf dem Blechboden unter der Trage hatte sich bereits eine rote Pfütze gebildet, in die es ständig weiter hineintropfte. Das Blut kam aus einem enormen Haufen aus festgezurrten Mullkompressen, Verbandswatte und halb aufgerollten, kreuz und quer gestapelten Mullbinden. Irgendwo darunter musste das Opfer stecken. Die Ärztin war augenscheinlich nervös. Sie rief einen Streifenbeamten herbei.

»Wenn Sie sich nützlich machen wollen, dann schaffen S' den Betrunkenen da weg.«

Der Polizist tat so, als hätte er nichts gehört. Kreuzeder nahm auf dem Beifahrersitz Platz. Der Fahrer blaffte ihn an.

»Verschwinden Sie da!«

Der Polizeiausweis, der vor seinen Augen tanzte, rief ungläubiges Staunen hervor.

»Kriminalpolizei. Ich fahr mit. Ich muss den Mann verhören.«

»Aber der ist doch vollkommen bewusstlos.«

»Das macht nichts.«

Die Ärztin war nur noch ein Nervenbündel.

»Beachten Sie ihn gar nicht. Fahren Sie schon los.«

Der Fahrer legte gleich ein ordentliches Tempo vor. Schon in der ersten Kurve wurden die Ärztin und der Rettungssanitäter gegen die Seitenwand geschleudert. Sie pfefferte die Infusionsnadel in den Müllsack.

»Verdammte Scheiße! Wie soll ich da jemals eine Vene finden?!«

Kreuzeder wartete, bis sie sich auf dem Klappstuhl festgekrallt und wieder ein wenig im Zaum hatte.

»Wie haben Sie ihn denn aus dem Mähdrescher rausgekriegt?«

»Er ist davor gelegen. Er muss selber noch irgendwie drunter vorgekrochen sein. Das Mähwerk war nicht eingeschaltet. Sonst hätt ich ihn in Plastiktüten einsammeln müssen.«

»Glauben S', er hat eine Chance?«

»Haben Sie die Figuren in der Wiese gesehen?«

»Das muss ein Vertreter von so Heiligensachen sein.«

»Wenn die alle zusammenhelfen, Jesus, Maria, Buddha, Ganesha und die anderen, dann können wir ihn vielleicht noch mal vom Himmel runterkratzen.«

10

Der Krankenwagen hielt mit knirschenden Bremsen direkt vor der Glastür der Klinik. Der Fahrer und der Sanitäter zogen die Trage heraus und trugen sie im Laufschritt durch die Eingangshalle. Die Ärztin trippelte mit der Infusionsflasche nebenher. Kreuzeder ging das alles zu schnell. Er folgte gemessenen Schrittes der Blutspur auf dem hellgrauen Hartplastikboden. Eine Krankenschwester versuchte, ihn aufzuhalten.

»Moment! Wo wollen Sie denn hin?«

»Kriminalpolizei …«

Er wedelte mit seinem Ausweis, doch die Schwester blieb ihm auf den Fersen.

»Sie können da jetzt nicht mit. Der Patient kommt in den Operationssaal. Da können Sie nicht rein.«

Er zückte sein Handy und hatte Mühe, im Gehen eine Nummer einzutippen.

»Kreuzeder. Mordkommission Passau. Ich brauch Verstärkung. Schicken Sie mir zwei Beamte ins Krankenhaus. Moment … Wo sind wir hier überhaupt?«

»Freyung.«

»Krankenhaus Freyung.«

»Was soll denn das heißen, Verstärkung? Sie sind ja betrunken.«

»Das macht nichts. Das bin ich gewöhnt.«

»Der Mann wird jetzt operiert und dann kommt er in die Intensivstation. Da braucht er dann absolute Ruhe.«

Die Trage mit dem blutgetränkten Mullbindenberg wurde in den Aufzug geschoben. Die Schwester und ein Pfleger versperrten Kreuzeder den Weg. Die silbergraue Stahltür schloss sich vor seinen Augen.

»Ich erklär Ihnen das. Auf den Mann ist ein Mordversuch verübt worden. Verstehen S' das?«

»Ja, natürlich.«

»Jetzt lebt der aber noch. Und hat seinen Mörder gesehen. Verstehen S'? Der einzige Zeuge. Solang der noch am Leben ist, ist er für seinen Mörder eine Zeitbombe.«

Die Schwester blickte den Kommissar verständnislos an. Er steckte sein Handy wieder in die Jackentasche.

»Also ich als Mörder, ich tät schaun, dass ich ihn so schnell wie möglich verräum. Noch bevor er wieder aufwacht. Ich tät mich hier einschleichen und ihn vollends abkrageln.«

»Darf ich noch mal Ihren Ausweis sehen?«

Sie studierte eingehend seinen Dienstausweis, aber das Misstrauen wich nicht aus ihrem Gesicht. Der Gestank nach Schnaps und Rauch, der von dieser unordentlichen Gestalt ausging, war stärker als der Desinfektionsmittelgeruch der Klinik. Allmählich wurde Kreuzeder ungeduldig.

»Das ist ganz einfach. Jetzt kommen gleich zwei

Polizisten und die werden ihn bewachen. Und ich leg mich derweil hin. Und wenn er aufwacht, dann wecken S' mich. Ich muss jetzt erst mal selber ein bisserl schlafen.«

»Also das wenn der Steuerzahler wüsst, wie des bei der Kripo zugeht ...«

»Das tät er sowieso nicht glauben.«

Es dauerte etwa eine Viertelstunde, bis die Polizeibeamten eingetroffen waren und der müde Kommissar sich zur Ruhe begeben konnte, auf einer Behandlungsliege, die im Keller abgestellt war. Das war das Äußerste, was ihm die Krankenhausverwaltung zugestand. Der Verwaltungsleiter war eigens zur Entscheidung in dieser Angelegenheit alarmiert worden.

»Wir sind doch kein Hotel. Wenn Sie keine Einweisung von Ihrem Hausarzt vorweisen können oder irgendwelche Symptome, die einen stationären Aufenthalt notwendig machen, dann können Sie hier kein Bett belegen.«

Die Liege war ausrangiert worden, weil sie Brandlöcher in der Plastikhaut hatte. Der Hausmeister servierte dem ungebetenen Gast auch gleich die Erklärung dafür, als er ihn in den muffigen Keller führte.

»Da ist einer drauf gestorben. Und hat in seine letzten Minuten noch heimlich eine Zigarette geraucht, der Saubär.«

Kreuzeder wollte, dass er geweckt wird, sobald das Mähdrescheropfer aufwacht, aber das hat natürlich niemand gemacht. Die Polizisten haben lediglich zum Schichtwechsel ihre Ablösung organisiert. Am nächsten Tag erst, vormittags um neun, ist er schließlich von selber wach geworden. Der Schädel brummte ihm, der Anzug hatte über Nacht gelitten. Er hatte kein Rasierzeug zur Verfügung und vermied tunlichst den Blick in den Spiegel im Vorraum der Toilette. Seine Haare waren auf der Behandlungsliege auf beiden Seiten flach gedrückt und in der Mitte aufgestellt worden. Er sah aus wie ein Punker nach einem Stromstoß, als er zur Intensivstation trottete. Die beiden Streifenbeamten vor dem Eingang wollten natürlich seinen Dienstausweis sehen, und der Stationsarzt hörte sich sein Anliegen mit halb abgewandtem Kopf an, um seinen Ausdünstungen zu entgehen.

»Aber wirklich nur ganz kurz. Der Herr Wiesel steht noch unter Schock. Beckenbruch, Wadenbeinbruch, Lungenquetschung, Nierenquetschung. Im Grunde hat er ein Riesenglück gehabt. Ich lass das jetzt nur zu, damit mir Ihre Polizeibeamten endlich hier verschwinden.«

»Können Sie mir was gegen Kopfweh geben?«

»Sie sind auf Entzug. Sie haben zu viel Blut in Ihrem Alkoholkreislauf. Trinken S' ein paar Schnäpse, dann geht's wieder.«

In der Intensivstation herrschte ein hektischer Betrieb. Jedes der acht Betten war mit Apparaten umstellt, die den Puls, den Blutdruck und die Herzschläge aufzeichneten, sodass es überall piepste, tickte und klackerte. Zwei Schwestern waren ständig unterwegs und kontrollierten die Monitore. Bei den Patienten, deren Lungen beatmet oder abgesaugt wurden, pumpte und blubberte es, als seien defekte Staubsauger am Werk. Der Arzt blieb vor einem Bett stehen, bei dem die Kabel und Schläuche in eine Skulptur aus Gips und Verbandszeug mündeten. In Höhe des Kissens war ein Schlitz, aus dem eine Nase und zwei müde Augen lugten. Er beugte sich über den Patienten und übertönte den Maschinenpark.

»Herr Wiesel, können Sie mich verstehen?«

Nachdem er keine Antwort erhielt, wandte er sich kurz um.

»Die sind hier alle natürlich sediert, wegen dem Lärm.«

Dann versuchte er es nochmals.

»Herr Wiesel!«

Ganz leise, kaum hörbar, kam aus der Gipsskulptur ein Laut.

»Bitte?«

»Ich bin der Stationsarzt. Es ist ein Polizist da, der möchte Sie was fragen. Können Sie ihm antworten?«

»Ich weiß nicht.«

Das Piepsen, das die Herztöne begleitete, beschleunigte sich, als Kreuzeder sich über das Kissen beugte.

»Was ist passiert, Herr Wiesel?«

»Die Maschin …«

»Wer ist draufgesessen?«

»Die Maschin! Neiiiin!«

Der Arzt blickte besorgt auf den Blutdruckmesser und das immer rascher klackernde EKG.

»Es hat keinen Sinn. Es geht nicht. Er regt sich zu sehr auf.«

»Wer ist draufgesessen? Wer war auf der Maschin?«

»Da … da …«

»Was haben Sie gesehen? Wer war auf der Maschin?«

Die Skulptur kam in Bewegung, bäumte sich auf. Die Pieptöne rasten.

»Da … war … niemand! Niemand war da!«

Wiesel schrie und versuchte zu strampeln. Das Gestell mit der Infusionsflasche wackelte. Der Arzt drückte ihn zurück auf die Matratze.

»Sie sind hier in Sicherheit, Herr Wiesel. Es kann Ihnen nichts mehr passieren. Es ist in Ordnung. Es ist alles in Ordnung.«

11

Kreuzeder fuhr mit einem Taxi direkt zum Polizeirevier. Als er die Treppe hochgeschlichen kam, beugte sich Becker schon über das Geländer.

»Wo haben Sie denn so lang gesteckt?«

»Der Fall Rechenbrunn wird immer mysteriöser.«

Der Dezernatsleiter wartete auf dem Treppenabsatz, bis sein Untergebener schnaufend bei ihm anlangte. Am Nadelstreifenanzug fehlten inzwischen zwei Knöpfe, einer an der Jacke und einer an der Hose. Das Hemd war schmutzig und hing teilweise heraus. Aber diese Aufmachung passte hervorragend zur Hurrikanfrisur und zum Stoppelbart. Die ganze Gestalt sah inzwischen aus wie nach einer schweren Rauferei.

»Herr Kreuzeder, Sie haben einen Termin, und ich möcht unbedingt, dass Sie da hingehen. Es geht um Ihre Diensttauglichkeit.«

»Ich bin da auf einer Spur. Es ist alles ganz furchtbar, aber ich glaub, ich weiß, was dahintersteckt.«

»Sie brauchen sich gar keine Gedanken mehr machen. Den Fall hat jetzt der Kollege Klotz.«

»Wo ist denn der Mähdrescher?«

»Jetzt fangen Sie auch noch damit an? Sollen wir vielleicht eine Scheune mieten, oder was? Das ist doch

Blödsinn. Das kriegen wir nie genehmigt. Alles, was ich von Ihnen möcht, ist, dass Sie zu Ihrem Untersuchungstermin gehen.«

»Da muss ich erst heim und mich waschen und umziehen.«

»Nein, nein, das passt schon so. Das ist genau richtig. Sie gehen jetzt so, wie Sie sind, in den Ostflügel, dritter Stock, zu Frau Doktor März.«

Kreuzeder hatte diesen Namen schon öfters gehört. Die Polizisten erzählten sich Witze, Blondinenwitze, in denen sie die Blondine durch die März ersetzten. Sie war erst vor vier Jahren von München nach Passau gekommen, als auch dort ein PSD eingerichtet wurde, ein Polizeilicher Sozialer Dienst, wie das offiziell hieß. Diese Einrichtung sollte sich um gefährdete Polizisten kümmern. Es hatte eine statistisch gesehen viel zu hohe Selbstmordrate bei der Bayerischen Polizei gegeben und auch einige Schießereien, die nicht zu vertuschen waren, sodass das Ministerium schließlich reagieren musste. Es wurde eine Schar von Psychologinnen und Psychologen eingestellt und entsprechende Dienststellen geschaffen, deren Aufgabe es war zu verhindern, dass Polizisten ausrasten und sich oder andere gefährden. Das erstreckte sich von der Untersuchung über die Beratung bis hin zur Therapie. In einzelnen Fällen kam es darüber hinaus zu Überweisungen an externe Therapeuten oder in Fachkliniken. Etliche Polizeibeamte richteten auch ihre Hoffnungen auf die Frau Dr. März, wenn es um ein Attest für eine Frühpensionierung ging.

Das Vorzimmer des Passauer PSD sollte zur Entspannung einladen. Es standen etliche Blumentöpfe mit Orchideen herum, an der Wand hing ein Kalender mit Bildern von Delfinen. Die Sprechstundenhilfe war in ein Computerspiel vertieft.

»Grüß Gott. Kreuzeder.«

»Nehmen S' doch bitt schön Platz. Die Frau Doktor ist grad noch beschäftigt.«

Sie sah kurz auf, aber dann blieb ihr Blick doch auf dem Mann im Nadelstreif hängen.

»Sie sind aber schon bei der Polizei?«

»Kripo. Ich hab einen Termin.«

Ihr Finger fuhr über den Terminkalender, doch schließlich nickte sie. Aus dem Beratungszimmer drang das laute Schimpfen einer zornigen Männerstimme.

»Du dreckige Hure! Du gehörst mir! Mir allein! Miststück, verdammtes!«

Ein schrilles Frauengelächter antwortete. Es heizte die Schimpfkanonade noch an.

»Erst Harry … dann Eddie … gestern der Kellner! Wer wird es morgen sein? Ich hab dich was gefragt, du elende Schlampe?!«

Wieder ertönte das Frauengelächter. Da wurde auch schon die Tür aufgerissen, und ein durchtrainierter Kahlkopf stürmte erbost durch das Vorzimmer. Er sah nach Personenschutz aus, vielleicht auch Eingreifkommando. Die Sprechstundenhilfe duckte sich unwillkürlich und richtete sich erst wieder auf, als er draußen war.

»Jetzt können S' rein.«

Frau Dr. März saß aufrecht hinter einem chinesischen Schreibtisch und machte sich Notizen. Sie hatte ein weißes Porzellangesicht, in dem man geneigt war nach einem Sprung zu suchen. Rote Haare, rote Lippen, tiefseeblaue Augen. Ihr Blick streifte nur kurz den Eintretenden, um sich gleich wieder ihrem Gekritzel zuzuwenden. Er räusperte sich.

»Alles in Ordnung?«

Sie schaute irritiert auf.

»Ach so. Das war nur ein Psychodrama. Wir haben da was durchgespielt. Grüß Gott. Bitte setzen S' sich doch, Herr …«

»Kreuzeder. Grüß Gott.«

Es war ein chinesischer Stuhl mit einer geschnitzten Lehne, die unangenehm ins Kreuz drückte. Sie schrieb emsig weiter und fragte ganz nebenbei.

»Machen Sie gerade eine verdeckte Ermittlung im Pennermilieu?«

»Nein. Wieso?«

Endlich legte sie ihre Notizen beiseite und wuchtete einen dicken Aktenordner von der Ablage auf ihre grüne Lederunterlage.

»Diesen Sammelband hier hat Kriminaloberrat Becker über Sie zusammengestellt.«

»Na, dann haben S' ja alles, die Fehlzeiten, die Abmahnungen, die Beschwerden …«

»Bis auf die Leberwerte. Herr Kreuzeder, ich soll ein Gutachten über Ihre Diensttauglichkeit anfertigen. Warum trinken Sie denn so fleißig?«

»Ach, das ist nur ein Psychodrama. Ich spiel da was durch.«

»Was denn?«

»Einen Kommissar vom Morddezernat.«

»Haben Sie Schwierigkeiten mit Ihrem Vorgesetzten?«

»Er hat Schwierigkeiten mit mir. Was haben Sie denn grad gespielt?«

»Eine Beziehungskiste. Viele Ihrer Kollegen leiden unter Beziehungsstörungen.«

»Sie nicht?«

»Für mich ist das mein Beruf.«

»Sie haben einen ganz schönen Hau.«

»Wie bitte?«

»Sie brauchen dringend eine Psychologin. Aber ich sag Ihnen gleich, die macht alles nur noch schlimmer.«

»Also bitte, das sind Vorurteile gegen Psychologen, da mag was dran sein, aber man darf das auch nicht verallgemeinern.«

»Ich mein nicht die Psychologen generell. Ich mein Sie. Sie haben einen Hau.«

»Meinen Sie wirklich? Bitte, das mag sein, aber ich steh auch dazu. Himmel, Sie machen mich ganz konfus.«

»Ihr Selbstbewusstsein ist praktisch null.«

»Wirklich? Meinen Sie?«

»Alle trampeln auf Ihnen rum. Und das geschieht Ihnen recht.«

Das war zu viel. Frau Dr. März schnellte von ihrem

Stuhl hoch und ließ ihren Zeigefinger auf den Aktenordner niedersausen. Ihre Stimme wurde eine Oktave höher.

»In diesem Bericht steht, dass Ihre Aufklärungsquote gegen null geht. Sie waren mal ein guter Kommissar, aber das ist lange her.«

»Richtig.«

»Sie bestreiten das gar nicht?«

»Nein.«

»Aus Ihrer Akte geht klar hervor, dass Sie es darauf anlegen, Ihre Frühpensionierung durch einen Dauerrausch zu erzwingen. Und diese Inaugenscheinnahme bestätigt mir das.«

»Finden Sie das denn verwerflich?«

»Ob ich … Herr Kreuzeder, was ich als Privatmensch denke und fühle, tut hier nichts zur Sache. Der bayerische Staat ist jedenfalls nicht gewillt, seine Beamten dafür zu bezahlen, dass sie in Wirtshäusern herumhocken.«

Sie sank wieder auf ihren Stuhl zurück und kritzelte etwas auf ihren Block.

»Was ist das für ein Fall, an dem Sie im Moment arbeiten?«

»Der Anfang einer Mordserie. Ich hab einen Bauern verhaftet, aber ich glaub nicht, dass er schuld ist.«

»Haben Sie das öfter erlebt, dass Sie jemand verhaftet haben und dabei das Gefühl hatten, dass er nicht wirklich schuld ist?«

»In letzter Zeit hab ich kaum noch jemand verhaftet.«

»Haben Sie generelle Zweifel am Schuldprinzip?«

»Sie etwa nicht?«

Sie legte ihren Stift beiseite und lehnte sich zurück. Ein maliziöses Lächeln ließ ihre schönen blauen Augen funkeln.

»Sie sind für einen Polizisten außergewöhnlich intelligent, Herr Kreuzeder. Wenn Sie jetzt frühpensioniert werden, hören Sie wahrscheinlich sofort auf zu saufen, erholen sich umfassend und widmen sich sinnvollen Dingen wie der Gartenarbeit. Das können wir nicht dulden.«

12

Wie so oft war Kreuzeder der letzte Gast im Grauen Raben. Im Fernseher lief ein Sexkanal, aber er war eingeschlafen. Während auf der Mattscheibe Fleisch auf Fleisch klatschte und schnaufte und stöhnte, lag sein Schädel auf dem Tisch neben dem halb vollen Bierglas, dem leeren Schnapsglas und dem Wimpel der vom Rauchverbot vertriebenen »Smoking Champions«. Die Kellnerin stand an einem Fenster, das sie halb geöffnet hatte und blies den Rauch ihrer Zigarette in die Nacht. Schließlich drückte sie die Kippe aus, schnipste sie in den Hof, schloss das Fenster und stakste zum Stammtisch.

»Herr Kreuzeder …«

»Was?«

»Sie schaun ja gar nicht.«

»Wieso?«

»Da. Das ist extra für Sie.«

Sie deutete mit einer Kopfbewegung auf das emsige Treiben in Full HD. Er hob seinen Schädel und linste über das Bierglas.

»Was soll ich damit?«

»Sind Sie da nicht mehr interessiert, in dem Bereich?«

»Höchstens wenn die Anne Will sich ausziehen

tät. Aber das macht sie nicht. Trotz dieses Namens: Anne will.«

Gerda Bichler schaltete das Gerät aus.

»Auf meinem Mist ist das nicht gewachsen. Der Wirt hat das gesagt, dass ich diese Sendung anmachen soll. Dass Sie eine Freude haben. Der Kreuzeder ist ein einsamer Mann, hat er gesagt.«

»Woher will denn der das wissen?«

»Na, weil Sie doch praktisch jeden Tag hierhocken.«

Sie setzte sich neben ihn. Ihr Maiglöckchenduft passte ganz und gar nicht zu ihrem abgekämpften Gesicht, in das sich viele tausend Wirtshausnächte eingegraben hatten, Hunderte von Männern und unzählige Witze.

»Er hat's natürlich ein bisserl anders gesagt.«

»So?«

»Der Kreuzeder ist eine arme Sau, hat er gesagt, schalt ihm einen Wichskanal ein. So isser nämlich, der Wirt. Auch zu mir isser so.«

»Also Romantiker isser keiner.«

»Wirklich nicht. Sind Sie denn romantisch veranlagt, wenn ich fragen darf?«

»Ursprünglich schon. Aber das ist lang her. Seit ich im Morddezernat tätig bin, bin ich eher misstrauisch.«

»Ich auch. Auch als Kellnerin macht man nämlich seine Erfahrungen.«

Er leerte das halb volle Glas auf einen Zug.

»Geh, bringen S' mir noch ein Bier. Und einen Obstler.«

Es war ein langer Tag. Sie hinkte ein wenig auf dem Weg zur Theke.

»Haben Sie denn überhaupt niemand daheim, der ab und zu auf Sie wartet?«

»Meine Frau ist schon vor Jahren mit einem Schwerbehinderten durchgebrannt.«

»Schön dumm.«

»Der Herbert hat bei seiner Liebeserklärung richtig geweint, hat sie gesagt. Und um dich ist immer so eine Mauer.«

»Das wird furchtbar mit den beiden, da wett ich.«

»Glauben S'?«

»Irgendwann hört der auf zu heulen und dann ist er nur noch schwerbehindert. Das kann gar nicht gut gehen.«

»Mir ist das wurscht.«

Sie hockte sich wieder zu ihm, als sie die Getränke brachte, auch für sich hatte sie jetzt einen Schnaps dabei.

»Jetzt frag ich Sie mal was als Polizist. Weil Sie kennen sich doch aus in Rechtsfragen, oder?«

»Mehr oder weniger.«

»Aber das muss unter uns bleiben.«

»Sowieso.«

»Es geht um des, ob der Wirt das darf.«

»Was?«

»Ja, dass ich ihm zu Willen bin.«

»Was heißt das? Hat er Sie mit Gewalt belästigt?«

»Nicht direkt. Er sagt halt, dass es ein Nachteil für ihn ist, wenn er mich immer noch beschäftigt. Wirtschaftlich gesehen. Weil eine Tschechin, die kostet ihn höchstens die Hälfte. Ich bin ein teures Hobby und eigentlich ein Unsinn. So sagt er des. Und dass ich praktisch vollen Einsatz bringen muss.«

»Das ist normal.«

»Damit meint er aber sein Hosentürl. Ich hab ihm gesagt, du hast doch deine Frau. Wofür hast die denn? Zum Bügeln, sagt er. Als ob er jemals ein gebügeltes Hemd angehabt hätt. Ich hab ihn noch nie in einem gebügelten Hemd gesehen.«

Kreuzeder kippte seinen Obstler runter.

»Geh, bringen S' mir noch ein Schnapserl.«

»Gern.«

Sie leerte auch noch rasch ihr Gläschen und machte sich auf den Weg. Er gähnte.

»Und um was geht's jetzt?«

»Na, ob er das darf? Dass er mir sozusagen mit Entlassung droht, wenn ich ihm nicht zu Willen bin.«

»Hat er das?«

»Ja, nicht direkt. Der macht das so, dass das quasi über mir schwebt. Außerdem verlangt er unnatürliche Stellungen.«

»Was für welche?«

»Das kann ich jetzt nicht im Einzelnen vorführen, aber es lauft auf eine Art Kunstturnen hinaus. Das kommt daher, dass er so dick ist. Da langt er auf normalem Weg nirgends mehr hin, sagen wir mal so. Es ist mühsam, sonst wär's mir ja wurscht.«

»Also, ich kann da auch nichts machen.«

Sie brachte ihm den Schnaps, machte den Strich

auf seinen Bierdeckel und setzte sich. Diesmal aber nicht an seinen Tisch, sondern an einen anderen. Eine Unterhaltung von Tisch zu Tisch sozusagen.

»Ich denk, Sie sind Polizist?«

»Erstens bin ich bei der Mordkommission. Aber so weit sind wir noch nicht. Und zweitens ist er der Wirt. Ihm gehört doch das Wirtshaus.«

»Soll das heißen, dass der das darf?«

»Sind S' froh, dass Sie noch eine Arbeit haben. Es gibt viele, die haben überhaupt keine Chance mehr. Mehr, als Sie ahnen.«

»Der Mann will auf seine Frau nicht mehr zurückgreifen. Und zahlen will er natürlich auch nichts dafür. Aber ich bin jetzt selbst in einem Alter, wo ich auf der Kippe steh. Ich bin Ende vierzig, Herr Kommissar. Bald bin ich auch eine, auf die keiner mehr zurückgreift. Was dann?«

»Dann kommt's drauf an.«

»Auf was?«

»Auf den Zufall. Ich bin wie gesagt von der Mordkommission. Ich kann Ihnen das alles nur aus meiner Warte beantworten, und so weit sind wir noch nicht. Aber gesetzt den Fall, dass der Wirt Sie ausrangiert, was er ja früher oder später tun wird, dann gibt's viele Möglichkeiten. Das hängt dann davon ab, wie ausweglos Ihre persönliche Situation ansonsten ist, wie verzweifelt Sie sind und wie viel Wut in Ihnen steckt. Das kann man jetzt alles noch nicht sagen. Aber das kommt noch.«

»Was soll jetzt das heißen?«

»Es ist überhaupt nicht gesagt, dass Sie sich dann den Wirt vorknöpfen, obwohl er ja sozusagen der Verursacher Ihrer Wut ist. Ich hab mal einen Fall gehabt, da hat ein junger Mann ein Maderl abgekragelt, die war siebzehn Jahre alt und die hat er überhaupt nicht gekannt. Der hat nicht mal gewusst, warum. Ich hab ihn ganz direkt gefragt: Warum hast du das Maderl erwürgt? Und wissen S', was der gesagt hat? ›Ich bin immer schon ein bisserl energisch gewesen.‹ Der war völlig ahnungslos. Viele Mörder sind völlig ahnungslos.«

»Das versteh ich jetzt nicht.«

»Ganz einfach. Am Abend davor hat dem seine Freundin mit ihm Schluss gemacht. Weil er ihr zu eifersüchtig war, immer geschimpft hat, wenn sie mit anderen rumgemacht hat, und solche Sachen. Da hat er noch nicht reagiert. Erst am nächsten Tag hat er reagiert. Also es ist überhaupt noch nicht gesagt, dass Sie den Wirt abkrageln, wenn er Sie ausrangiert, nachdem er Sie dermaßen gedemütigt hat. Das kann auch ein zufälliger Bekannter sein, der dann dran glauben muss. Oder ein Unbekannter, der Ihnen grad über den Weg läuft.«

Sie sprang augenblicklich von ihrem Stuhl auf.

»Ja, glauben Sie etwa, dass ich … in mir steckt doch keine Mörderin!«

»Das sagen alle. Das hab ich schon so oft gehört, diesen Satz. Damit können S' mich nicht mehr beeindrucken.«

»Sie sind ja betrunken!«

»Ich bin seit über zwanzig Jahren im Dienst. Ob betrunken oder nicht, das spielt bei mir schon lang keine Rolle mehr. Zahlen.«

Sie schnappte sich den Bierdeckel.

»Sieben Bier und elf Obstler … macht achtundvierzig Euro.«

»Fuffzig. Stimmt so.«

»Danke.«

13

Es ist schwer zu sagen, ob sie Kreuzeders Einsamkeit kurzfristig versüßen wollte oder ihre eigene oder ob es die pure Verzweiflung war oder alles zusammen. Vielleicht war ihr auch alles egal. Jedenfalls hinkte die Kellnerin in dieser Nacht hinter ihm her, als er vom Wirtshaus zu seinem Auto wankte. Das Pflaster war von einem kurzen Regenschauer noch nass, und die Fenster der Häuser waren dunkel. Es roch nach frisch gewaschenem Staub, und die Bichler lamentierte.

»Der Helmut ist im Bett ein Egoist. Wenn ich auf mein Zimmer geh, dann taucht er dort irgendwann auf, und dann muss ich ihm zu Willen sein. Der macht kurzen Prozess mit mir und verzieht sich gleich wieder, und zwar grußlos.«

»Das ist mir wurscht.«

»Es gibt keine Kavaliere mehr. Überhaupt keine. Wenn Sie ein Kavalier wären, dann täten S' mir jetzt Ihre Hilfe anbieten.«

»Ich bin kein Samariter.«

»Es geht nur drum, dass er mal ein leeres Bett vorfindet, wenn er in mein Zimmer kommt.«

»Daher weht der Wind.«

»Wenn Sie nicht so ungepflegt wären, dann täten

Sie für mich in Frage kommen. Als Alternative, mein ich. Oder sind Sie auch ein Egoist im Bett?«

»Ich will vor allem meine Ruh und sonst gar nichts.«

»Momentan bräucht ich nämlich ausnahmsweise jemand, der eine freundliche Ader hat und gut zu mir ist. So jemand such ich schon lang vergebens. Ich will jetzt nicht in meinem Zimmer sein, wenn der Helmut kommt, das ist alles.«

»Ich hab nur ein Bett, und da schlaf ich selber drin. Alles, was ich Ihnen anbieten könnt, ist ein Flokatiteppich.«

In dieser Nacht hat der Kommissar Kreuzeder von der Frau Doktor März geträumt, von tiefseeblauen Augen über einem hochgerutschten Rock. Irgendwann am nächsten Vormittag ist er dann neben seinem Bett auf dem Flokatiteppich aufgewacht und hat sich gewundert, dass er keine Hose angehabt hat. Hemd, Nadelstreifenjacke, Strümpfe, alles, nur keine Hose.

Das Bett über ihm war zerwühlt und verlassen und roch nach Maiglöckchen, Leichenschmaus und Salzhering. Er dachte darüber nach, was passiert sein könnte, da hörte er aus der Küche das heisere Krächzen eines chronischen Raucherhustens. Er zog rasch seine Unterhose und die Hose an und schaute nach. Die Bichler saß in ihrem schwarzen Kellnerinnenkleid mit dem weißen Spitzenkragen, der wie eine Serviette aussah, auf einem Stuhl und rauchte.

»Auch schon auf?«

»Wie kommen Sie denn hierher?«

»Was für eine Frage. Was war denn das heut Nacht?«

»Was?«

»Na, was schon. Sie haben sich doch an mir betätigt. Oder vielleicht nicht?«

»Nicht, dass ich wüsst.«

»Das hab ich doch nicht geträumt.«

»Ich hab gar nicht gewusst, dass Sie da sind.«

»Es ist nicht weiter tragisch, weil ich nehm sowieso die Pille. Schon wegen dem Helmut.«

Sie hatte den einzigen freien Stuhl okkupiert. Auf den anderen lagen Zeitungsstapel, Topflappen, leere Büchsen und Keksdosen. Kreuzeder stöberte im Ausguss herum. Die Teller, die sich dort angesammelt hatten, klapperten. Er zog einen Topf heraus und legte ihn wieder hinein. In seinem Rücken hustete es wieder.

»Wenn Sie nach einer Tasse suchen, die sind alle dreckig. Sie müssten mal wieder abspülen. Kaffee ist auch keiner da. Zumindest hab ich keinen gefunden.«

»Wenn ich Kaffee will, geh ich ins Büro. Dort haben wir eine Kaffeemaschine.«

»Müssten Sie nicht längst im Dienst sein?«

»Nein.«

»Haben Sie Urlaub?«

»Nein.«

»Sie haben doch nicht etwa Schwierigkeiten?«

»Nein.«

»Ihre Wohnung ist in einem schlimmen Zustand. Das wundert mich schon, dass ein Beamter dermaßen verwahrlosen kann. Sie sind doch im höheren Dienst, oder? Haben Sie nicht einen Eid auf den Bundespräsidenten geschworen?«

»Hab ich.«

»Na also. Dann geben Sie sich mal einen Ruck und räumen auf.«

Sie drückte ihre Zigarettenkippe auf dem Keksdosendeckel aus, den sie als Aschenbecher auserkoren hatte. Als er sich umdrehte, stand sie hinter ihm und strahlte ihn an. Sie stellte sich auf die Zehenspitzen und verpasste ihm einen Kuss. Jetzt war er der Keksdosendeckel.

Und noch einen guten Rat hatte sie auf Lager.

»Sie sollten sich mal wieder rasieren. Zähneputzen, waschen, duschen, all diese Dinge.«

Sie zog ihn am Ohr und machte sich aus dem Staub.

14

Kreuzeder nahm ein Aspirin, rasierte sich, putzte die Zähne, wusch sich und gönnte sich zwei Dosen Bier. Bis zum Mittag hörte er in der Badewanne die *Zauberflöte*. Er war froh, dass er für den Fall Rechenbrunn nicht mehr zuständig war. Das war alles sehr nebulös, aber er hatte eine schlimme Ahnung.

Natürlich gab es Mähdrescher, die zu den sogenannten selbstfahrenden Maschinen gehörten. Die haben einen Bordcomputer und werden über Satellitennavigation gesteuert. Dadurch finden sie zentimetergenau die richtige Spur auf dem Feld. Man kann sie über den Computer programmieren oder mit einem Joystick bedienen. Theoretisch kann man den Computer auch über Funk lenken. Das hatte er mit einem einzigen Anruf bei der Landmaschinenfirma herausgefunden. Der Haken bei der Sache war, dass der Mähdrescher am Holznerhof ein ziemlich altes Trum war, ohne Computer, überhaupt ohne Hightech, dafür mit Rostflecken.

Von Mozart und einem Rasierwasser aufgemöbelt, fuhr Kreuzeder schließlich zur Tankstelle, aß ein Thunfischsandwich, kaufte einen Kasten Bier und lenkte seinen Wagen nach Rechenbrunn, Kressenau dreieinhalb.

Die Wiese unterhalb des Hofs war zertrampelt. Das Gras hatte sich noch nicht wieder aufgerichtet. Der Mähdrescher war verschwunden. Auch im Schuppen lauerte er nicht. Hinter der zerborstenen Bretterwand gähnte ein schwarzes Loch. Ein paar Spatzen flatterten heraus und landeten unter dem Dachvorsprung des Hauses, vollkommen lautlos. Andernorts hätte man zumindest ein fernes Rauschen des Autoverkehrs gehört, ein Zwitschern, ein Zirpen oder Hundegebell. Hier war nichts, nur die Schritte des Kommissars, die überlaut zu knirschen schienen, und sein Klopfen an der Haustür, auf das keine Antwort erfolgte.

Auf dem Steinboden im Flur standen diesmal gar keine Gummistiefel. Die großen waren ja noch immer in einem Stahlspind im Passauer Schubgefängnis und wurden wohl demnächst in die Justizvollzugsanstalt nach Straubing transportiert. Bedrohung der Staatsgewalt, Bedrohung von Banken und Versicherungen, Aufruhr – der Besitzer der Stiefel hatte schlechte Karten.

»Frau Holzner?«

In der Küche war niemand und in der Stube auch nicht. Lediglich ein paar Fliegen pappten an dem klebrigen Band, das von der Lampe herabbaumelte. Keine zappelte mehr. Sie waren alle tot.

Kreuzeder blinzelte, als er wieder ins Freie trat. Weit konnten die Bewohner nicht sein, sonst wäre das Haus wohl abgesperrt gewesen. Auf halbem Weg zum Auto blieb er noch mal stehen und lauschte.

War da nicht ein Knarzen zu hören gewesen? Plötzlich ertönte eine helle Kinderstimme.

»Hände hoch, du böses Monster!«

Er hob seine Hände und drehte sich um. Der Bub trat aus der Schuppentür, mit einer unförmigen Plastikkanone im Anschlag. Das Gerät war aber nicht sehr funktionstüchtig. Der Wasserstrahl schaffte es nicht bis zu dem Bösewicht, er plätscherte vor ihm auf die Kiesel. Doch der Kleine drückte emsig den Auslöser.

»Jetzt beam ich dich ins All.«

»Du traust dich was.«

»Ich bin ein Power Ranger und kämpf gegen die bösen Monster.«

»Wo ist denn deine Mutter?«

»Das geht dich gar nix an, böses Monster.«

»Ich bin der Batman.«

»Glaub ich net.«

»Da schau, das ist mein Flugzeug.«

Er deutete auf seinen BMW. Der Bub blickte zweifelnd auf die Karosse, an deren Beulen er ja fleißig mitgearbeitet hatte.

»Das ist kein Batmobil.«

»Haben die Power Ranger auch Flugmaschinen?«

»Klar. Der rote Power Ranger kann in den Tyrannosaurus Rex reinsteigen, der grüne in die Flugechse und der schwarze in das Mammut.«

»Und welcher bist du?«

»Ich bin der rote.«

»Wo hast denn deinen Tyrannosaurus Rex?«

»Komm mit.«

Der Kleine lief geschwind hinter den Schuppen. Als Kreuzeder um die Ecke bog, wartete er bereits mit seiner Plastikkanone vor dem Mähdrescher, der dort neben einem alten Bulldog und einem Odelwagen abgestellt war.

»Die Power Ranger sind die Guten und die kämpfen gegen das Böse.«

»Und das ist der Tyrannosaurus Rex?«

»Klar.«

Er warf seine Spielzeugkanone ins Gras und kletterte flink wie ein Äffchen auf die alte Maschine, deren Feuerwehrrot mit ein paar Rostflecken gesprenkelt war. Kaum war er oben, da war er auch schon nicht mehr zu sehen. Der Motor sprang an, das Mähwerk kreischte, und das Ungetüm ratterte los. Kreuzeder rannte in die Streuobstwiese hinter dem Schuppen, immer das mahlende Motorengeknatter im Nacken, und sprang hinter einen Apfelbaum. Mit einem lang gezogenen Quietschen blieb der Mähdrescher stehen. Die helle Kinderstimme übertönte das Scheppern.

»Komm raus, du böses Monster! Ich bin der rote Power Ranger und mach Apfelmus aus dir! Ich beam alle bösen Monster ins All!«

»Ich spiel nimmer mit!«

»Wieso?«

»Weil ich mir jetzt ein Eis kaufen geh und ein Eis ess!«

»Ehrlich?«

»Sowieso!«

»Krieg ich auch eins?«

»Klar!«

»Super!«

Der Motor gab noch ein letztes Blubbern von sich und verstummte. Der Bub hüpfte ins Gras.

15

Bald darauf saßen die beiden im Batmobil des Kommissars, der gleich die entscheidende Frage stellte:

»Wo ist denn hier die nächste Eisdiele?«

»In Oberkirch. Gleich bei der Schul.«

Oberkirch kannte er von der Beerdigung her. Er fuhr los.

»Warst du heut in der Schul?«

Der Bub gab keine Antwort, sondern öffnete das Handschuhfach und inspizierte den Inhalt. Tempotaschentücher, Spielkarten, eine Parkscheibe und ein Haufen CDs, da war nichts dabei, was ihn interessierte.

»Wie heißt denn du überhaupt?«

»Moritz.«

»Weißt schon, was du mal werden möchst, wennsd groß bist?«

»Ein Held.«

»Was für einer?«

»Wieso?«

»Ja, ein Fußballheld oder ein Frauenheld, oder was?«

»Einer, der wo die Menschheit vor den Außerirdischen rettet. Ich werd Präsident von Amerika und steig in meinen Kampfflieger und dann geht's los. Dschumm, dschumm, dschumm.«

Die Eisdiele hieß Venezia und versuchte, mit gelben und grünen Kunstlederbänken, vanillefarbenen Plastiktischen und Spiegeln hinter der Aluminiumtheke einen Hauch von Italien nach Oberkirch zu zaubern. Die stämmige tschechische Bedienung war allerdings blond und ziemlich bleich. Aber Kreuzeder hatte Glück. Es gab nicht nur Eis, sondern auch bayerische Traditionsgetränke. Auf die stellte er sich nach einem Schwarzwaldbecher um, während Moritz sich drei Fruchtbomben hintereinander bestellte.

»Schaust du oft Fernsehen?«

»Klar.«

Der Kleine zielte mit dem Zeigefinger auf sein Gegenüber.

»Peng. Du bist tot.«

Kreuzeder markierte ein Zusammensacken, als sei er getroffen. Moritz lachte.

»Ich bin der Käptn Kirk.«

»Wer ist des?«

»Raumschiff Enterprise. Du bist der Spock.«

»Ist des ein böses Monster?«

»Nein. Du gehörst jetzt zu mir. Da!«

Er sprang auf und deutete auf die Bedienung.

»Das ist eine Außerirdische! Die will uns vernichten!«

Er lief zu ihr hin, baute sich vor ihr auf und versperrte ihr den Weg.

»Peng! Peng! Peng! Du bist tot!«

Sie lächelte gequält, verwuschelte seine struppigen Haare und drängelte sich an ihm vorbei.

Kreuzeder zog seine Dienstpistole aus dem Schulterhalfter und richtete sie auf den Buben.

»Peng! Peng! Peng! Jetzt hat's dich erwischt.«

»Du bist doch der Spock! Der Spock schießt net auf den Kirk! Des ist doch sein Käptn! Des gilt net. Die Außerirdische musst töten.«

Er zielte auf die Bedienung, die nun an den Tisch gewatschelt kam.

»Peng!«

»Treffer! Super! Spock, du bist Spitze.«

Die Bedienung spielte nicht mit.

»Darf's noch irgendwas sein?«

»Zahlen, bitt schön.«

»Bitte sähr.«

Sie zückte ihren Block.

»Gut, das waren ein Schwarzwald, drei Fruchtbomben, sieben Weißbier und elf Schnaps von Kirsche ... das macht zweiundvierzig Euro und sechzig Cent, bitte sähr.«

Er legte seine Pistole auf den Tisch, kramte seinen Geldbeutel aus der Jacke und reichte ihr einen Fünfzigeuroschein.

»Fünfundvierzig.«

»Danke sähr.«

Sie gab ihm fünf Euro heraus. Moritz schnappte sich unterdessen die Waffe, legte auf sie an und drückte auf den Auslöser.

»Wieso geht'n die net?«

»Weil sie gesichert ist. Gib her.«

Kreuzeder nahm die Pistole wieder an sich und

steckte sie in sein Halfter. Die Tschechin starrte ihn an.

»Ist diese echte Pistole?«

»Sowieso. Brauchen S' aber keine Angst haben. Ich bin von der Kripo.«

Sie wich zurück. Ihre Augen waren zu Kugeln geworden. Der Kommissar wankte, gefolgt vom kleinen Moritz, aus dem Oberkircher Venezia. Er fuhr den Buben zum Holznerhof und brauchte dann für die zweiunddreißig Kilometer nach Passau eine volle Stunde, denn zwischendurch musste er anhalten, weil ihm schwindlig war.

16

Kreuzeder suchte Dr. Batzikis auf. Der Arzt seines Vertrauens hatte zwei Doktortitel, einen in Medizin und einen in Philosophie, beide in Athen erworben. Er hatte nur an drei Nachmittagen in der Woche Sprechstunde. Das genügte ihm, denn die einzige Apparatur, die er sich leistete, war ein CD-Player für die von ihm favorisierte Musiktherapie. Seine Patienten waren fast durchweg Simulanten oder Hypochonder. Wenn jemandem tatsächlich etwas Ernsthaftes fehlte, schrieb er sofort eine Überweisung aus. In gewissen Kreisen genoss er einen hervorragenden Ruf.

Er hörte das Herz und die Lunge des Kommissars ab und tastete seine Leber ab.

»Das sieht ja gar nicht so schlecht aus, aber die Aufregung bei der Polizei tut Ihnen nicht gut. Ich schreib Sie vorsichtshalber mal zwei Wochen krank, dann sehen wir weiter. Bei welcher Gelegenheit haben Sie denn Schwindelanfälle?«

»Immer wenn ich aus dem Wirtshaus an die frische Luft komm.«

Dr. Batzikis malte mit feinen Buchstaben »Vertigo« auf das Attest.

»Die Menschen hetzen sich viel zu sehr ab. Wozu

der ganze technische Fortschritt, wenn er dermaßen verpufft? Das gilt auch für Sie.«

»Zur Ruhe komme ich erst ab zwei Promille.«

»Betrachten Sie Ihr Leben einfach als ein Quiz. Die Antwort sind immer Sie. Wann haben Sie zuletzt Musik gehört?«

»Gestern Vormittag, die *Zauberflöte*.«

»Die *Zauberflöte* ist nichts für den Vormittag. Ich schreib Ihnen jetzt einen leichten Vivaldi auf, wenn Sie tatsächlich früh aufstehen. Am besten überhaupt keine Opern. Für den Nachmittag und am Abend Pachelbel. Und ab und zu eins von den *Brandenburgischen Konzerten* von Bach. Dann kommen Sie wieder ins Lot.«

Bisher hatte die Krankenkasse keines der Rezepte von Dr. Batzikis akzeptiert. Dennoch kaufte sich Kreuzeder den Pachelbel und den Bach. Vivaldi hatte er schon genügend im Handschuhfach seines Autos, aber er hatte sowieso nicht vor, allzu zeitig aus den Federn zu kriechen.

Eines von den *Brandenburgischen Konzerten* hörte er auf dem Weg in den Bayerischen Wald. Die Bäume links und rechts der Straße waren jetzt nicht mehr so gleichgültig, aber der graue Beton mit den weißen Streifen, der sich durch die Wiesenhügel fraß, war eine Beleidigung für Bach. Er holte den kleinen Moritz ab und fuhr mit ihm zum Freyunger Krankenhaus.

»Grüß Gott, Herr Wiesel.«

»Grüß Gott.«

Der Patient lag im Halbdunkel. Ihm gegenüber an der Wand war ein Fernseher angebracht, in dem gerade ein Koch ein paar Witze riss.

»Kreuzeder. Kriminalpolizei Passau. Vielleicht erinnern S' sich. Ich hab Sie befragt, wie Sie noch auf der Intensivstation waren.«

»Ja, ja, ich weiß schon.«

»Darf ich den Vorhang ein bisserl aufmachen und den Fernseher ausschalten?«

»Von mir aus.«

»Bloß, dass man was sieht.«

Bei Licht besehen wirkte der Patient noch müder als die Witze des Fernsehkochs. Sein zerfurchtes Gesicht war so grau wie die buschigen Augenbrauen und die Haarbüschel, die aus dem Kopfverband herauslugten. Seine Mundwinkel hingen traurig herunter. Wenn er kein gewinnbringendes Lächeln mehr zustande brachte, hatte er als Vertreter abgewirtschaftet. Kreuzeder schob den Buben ein wenig näher an das Bett.

»Das ist übrigens der Moritz.«

»Grüß dich. Ist das Ihr Sohn?«

»Nein. Wie geht's Ihnen denn?«

»Saumäßig. Die Schwestern sind alle zu jung für mich.«

»Ich hab mir das Zeug angeschaut, was Sie verkaufen. Kann man denn davon leben?«

»Ich probier's zumindest. Früher hab ich ja Scheren, Messer, Nadeln und Zwirn gehabt, aber das gibt's jetzt alles in die Supermärkte.«

»Jesusse und Marien gibt's doch auch überall.«

»Meine sind aber mit Original Weihwasser aus dem Regensburger Dom bespritzt.«

»Haben Sie denn da eine Lizenz von der Kirche?«

»Brauch ich gar nicht. Ich hab einen Gewerbeschein für den Einzelhandel. Der gilt praktisch für alles unter drei Kilo.«

Plötzlich streckte Moritz seinen Arm aus. Sein Zeigefinger war auf Wiesel gerichtet.

»Das isser!«

»Was meinst?«

»Der wollt ein Huhn bei uns stehlen.«

Der Vertreter starrte ihn an.

»Woher willst denn du das wissen?«

»Weil ich's weiß. Weil bei uns keiner ein Huhn stehlen darf. Da könnt ja jeder kommen.«

Ein kleines Weilchen herrschte Schweigen. Dann kam langsam Farbe in das graue Gesicht.

»Sag einmal, kannst du mit der Maschin fahren? Mit dem Mähdrescher?«

»Ich kann mit alle Maschinen fahren.«

»Ja, du Saubub, du! Du Mörder, du!«

»Hühnerdieb!«

Wiesel zappelte und versuchte aus dem Bett zu klettern. Kreuzeder musste ihn festhalten, damit er nicht rausfiel.

»Jetzt beruhigen S' sich. Der Bub ist ja erst zehn.«

»Ja, der gehört doch in Gewahrsam genommen, dass er nimmer rausderf unter die Menschen! Oder gleich außer Landes verfrachtet!«

»Ich hab Ihnen doch gesagt, er ist erst zehn.«

»Ja, haben Sie des gewusst?«

»Mehr oder weniger. Jetzt weiß ich's jedenfalls.«

»Und werd er jetzt eingesperrt? So ein Ungeheuer kann man doch nicht frei rumlaufen lassen.«

»Das wird man jetzt sehen. Strafmündig ist er jedenfalls nicht.«

»Das gibt's doch gar nicht.«

»Alles gibt's. Jetzt kurieren S' Ihnen erst mal aus. Und halten S' sich von dem Hof fern, dann kann Ihnen nichts mehr passieren.«

17

Nachdem der Kommissar den Buben wieder zu Hause abgeliefert hatte, sah er bei der Fahrt durch Oberkirch den Pfarrer eine Kiste durch den Pfarrgarten tragen. Er bremste, stellte das Auto ab und ging hin. Aus der Kiste ragten Löwenzahn und Mohrrüben.

»Grüß Gott, Herr Pfarrer. Wir kennen uns, glaub ich, von der Beerdigung vom Herrn Brodl.«

»Ich erinner mich, ja. Sie sind der Kriminaler, der sich für den Jesus interessiert.«

»Richtig. Ich hab noch mal die Bibel gewälzt.«

»O weh. Eigentlich wollt ich grad die Hasen füttern.«

»Da will ich Sie nicht dran hindern.«

Ohne seine Soutane, in der dunkelblauen Strickjacke, wirkte der Geistliche wie ein gemütlicher Frührentner. Kreuzeder tappte hinter ihm her, vorbei an den Tulpen und Rosenrabatten.

»Richtet nicht, auf dass Ihr nicht gerichtet werdet … das hat er doch gesagt, der Jesus?«

»Das ist aus der Bergpredigt, ja.«

»War das nicht überhaupt seine Botschaft? Dass Gott Gnade vor Recht ergehen lässt?«

»Wo kommen wir denn da hin, Herr …?«

»Kreuzeder.«

Es quietschte, als der Pfarrer die Tür des Hasenstalls öffnete. Er schob das Futter in den Drahtverhau, in dem sich vier fette Hasen drängelten.

»Wenn Sie die Mörder nicht mehr einsperren, dann ist doch sofort der Nächste fällig. Dann bringt so einer doch gleich wieder einen um.«

»Heißt es nicht, dass Gott ist wie einer, der dem verlorenen Schaf nachgeht und dafür die Herde allein lässt?«

»Dafür haben wir die Gefängnispfarrer.«

»Und wenn der Mörder ein Kind ist?«

»Haben Sie denn so einen Fall?«

»Ich mein nur, weil die meisten Menschen sind doch irgendwie noch wie die Kinder, zumindest wenn es ihnen nass reingeht. Dann kennen sie sich selber nicht mehr. Das hat er doch auch gesagt, der Jesus. Herr, vergib ihnen, denn sie wissen nicht, was sie tun. Das war doch auf seine Mörder gemünzt, die ihn ans Kreuz geschlagen haben, und auf die Menschen überhaupt.«

»Das war im Altertum. Aber jetzt leben wir in einer Demokratie. Und die basiert nun mal auf der Mündigkeit von die Leut. Sonst wär das ja alles falsch, was wir hier veranstalten.«

»Vielleicht ist es das ja? Der Jesus jedenfalls hat die Liebe über das Gesetz gestellt.«

»Das kann schon sein, aber das ist nicht praktikabel.«

»Soll das heißen, dass das alles unrealistisch ist, was der Jesus gesagt hat?«

»Sie dürfen's jedenfalls nicht wörtlich nehmen.«

Die beiden starrten sich an, als ob jeder den anderen für einen Irrläufer hielt. Der Pfarrer, dessen Predigten ihn noch nie selber erreicht hatten, und der Kriminalkommissar, der an nichts mehr glaubte, außer an einen Gott, der weg war, unauffindbar, womöglich auf der Flucht.

»Wissen S', was ich jetzt mach, Herr Pfarrer? Jetzt biesel ich in Ihre Kirch.«

»Das lassen Sie schön bleiben. Ich sag's Ihnen, Herr Kreuzeder, ich ruf die Polizei! Sie gehören ja ins Narrenhaus!«

Aber der Kommissar war schon unterwegs.

»Und zwar ins Weihwasserbecken. Da biesel ich jetzt rein.«

»Machen S' keine Dummheiten! Das ist schon mehr wie Blasphemie, wenn Sie so was machen! Das ist kriminell!«

Der Pfarrer schnaufte hinterher, aber Kreuzeder war nicht mehr einzuholen.

»Das haben wir schon als Ministranten gemacht. Das habt ihr bloß nicht mitgekriegt, ihr Wichser!«

Er riss die Kirchentür auf. Seine Schritte hallten von den hohen, kalten Wänden. Seine Stimme donnerte, als käme sie aus den Tiefen eines riesigen Bierfasses.

»Wie oft hab ich als Ministrant das Magnifikat beten müssen, ohne dass ich es kapiert hab! Sonst hätt ich schon damals auf euren Goldaltar geschissen!«

»Wehe, Sie gehen auf den Altar rauf! Das ist …!«

»Er vollbringt mit seinem Arm machtvolle Taten: Er zerstreut, die im Herzen voll Hochmut sind! Er stürzt die Mächtigen vom Thron und erhöht die Niedrigen! Die Hungernden beschenkt er mit seinen Gaben und lässt die Reichen leer ausgehen!«

»Lassen Sie den Kelch stehen!«

»Da, des gehört alles verschenkt! Der ganze Prunk und Protz, der hier rumflackt!«

Kreuzeder hielt den Abendmahlkelch mit dem ausgestreckten Arm in die Höhe. Der Geistliche sprang an ihm hoch und zog und zerrte an ihm.

»Ich zeig Sie an! Sie gehören ins Narrenhaus!«

»Selig, ihr Armen, denn euch gehört das Reich Gottes!«

»Gib her, du Sauhund!«

Der Kommissar war einen Kopf größer und mindestens so schwer wie der Pfarrer und konnte ihn mit einem einzigen Schubser umstoßen. Doch der Geistliche biss ihn ins Bein. Der Kelch polterte auf den Boden und rollte über die Marmorfliesen. Kreuzeder lachte, als der Kirchenmann sein Heiligtum einfing.

»Das hat Folgen, das sag ich Ihnen. Das werd ich melden. Das ist der Kelch für das Blut Christi … das … Sie wissen ja gar nicht, was Sie tun …«

»Hier. Das ist die Karte von meiner Psychologin. Der können S' das alles schildern. Die ist für mich zuständig.«

Er ließ im Vorbeigehen die Visitenkarte von Frau Doktor März in den Kelch fallen, den der Pfarrer nun mit beiden Händen umklammert hielt, und tappte aus dem Gotteshaus. Ehe er wieder zu seinem Auto ging, öffnete er noch rasch das Türchen des Hasenstalls und grinste zufrieden.

18

Kriminaloberrat Beckers Miene verfinsterte sich, als er Kreuzeder an der Kaffeemaschine hantieren sah. Es war nicht zum ersten Mal, dass der gleich mehrere ineinandergeschobene Plastikbecher benutzte.

»Was soll das wieder?«

»Was?«

»Das sind vier Becher.«

»Dann ist es nicht so heiß.«

»Das sind alles Steuergelder. Ich weiß, Sie finden das lächerlich, aber das ist auch eine Frage des Gesamtcharakters.«

Um des lieben Friedens willen zog Kreuzeder die unteren drei Becher heraus und stellte sie neben das Gerät. Doch seinem Vorgesetzten war nicht nach Frieden zumute.

»Wo kommen Sie überhaupt her?«

»Aus Rechenbrunn.«

»Was machen S' denn da? Ich hab den Fall doch dem Kollegen Klotz übertragen. Haben S' das überhaupt nicht registriert? Waren Sie da zu betrunken dazu?«

»Wahrscheinlich.«

»Außerdem sind Sie doch wieder mal krankgeschrieben. Oder vielleicht nicht?«

»Doch.«

»Kommen S' amal mit.«

Kreuzeder trottete hinter ihm her. Er hielt den Becher am oberen Rand. Becker marschierte in sein Büro, steuerte den Schreibtisch an und fischte ein Papier von der mehrstöckigen Ablage, das er mit ebenso spitzen Fingern anfasste wie sein Untergebener den heißen Kaffeebecher.

»Was haben Sie denn dieser Psychologin erzählt?«

»Wieso?«

»Dieses Gutachten ist eine einzige Unverschämtheit. Da steht nur Schwachsinn drin. Aber das ist der Gipfel: ›Herr Kreuzeder leidet unter einem übermotivierten Chef.‹ Was soll denn das heißen?«

»Keine Ahnung.«

»Und dann das hier: ›Herr Kreuzeder ist von übermäßiger Sensibilität, die er mit Alkohol zu betäuben versucht.‹ Seit wann sind Sie sensibel?«

»Sie haben mich ja da hingeschickt.«

»Das ist doch alles Schwachsinn, was da steht. Damit kann ich nichts anfangen. Sagen wir's doch, wie es ist. Sie sind ein arbeitsscheuer Alkoholiker, der durch zwanzig Jahre Mordkommission seelisch bestialisiert ist und zu nichts mehr zu gebrauchen.«

»Sie sind schon dreißig Jahre bei dem Verein.«

»Aber die letzten fünfzehn war ich nur noch am Schreibtisch. Sie waren immer an der Front. Zwanzig Jahre lang nur Leichen, Mörder, menschliche Abgründe. Ich versteh, was da mit Ihnen passiert ist. Das ist mir ganz klar. Sie fangen deshalb keine

Mörder mehr, weil Sie längst die Seiten gewechselt haben.«

»Hat die das geschrieben, die Frau Doktor?«

»Die? Die hat lauter Blödsinn geschrieben.«

Das Blatt zitterte, als er wieder daraus vorlas.

»›Die niedrige Aufklärungsquote von Kommissar Kreuzeder resultiert aus einem radikalen Zweifel am Schuldprinzip.‹ Was soll denn das heißen?«

Kreuzeder nippte vorsichtig an seinem Kaffee. Er war immer noch zu heiß.

»Das heißt, dass Sie nichts dafür können.«

»Ich? Wofür?«

»Für Ihren Bluthochdruck zum Beispiel.«

Beckers Gesicht verfärbte sich.

»Mein Bluthochdruck, Herr Kreuzeder, den lassen S' gefälligst in Ruhe, weil der geht Sie überhaupt nichts an! Rein gar nichts! Und überhaupt sind Sie derjenige, der mir diesen Bluthochdruck beschert hat! Weil Sie mich regelmäßig zur Weißglut treiben!«

»Sag ich doch.«

»Sie gehören eingesperrt, Herr Kreuzeder! Sie sind eine Bedrohung für die gesamte Menschheit. Genau genommen gehört jeder Mordkommissar, der länger wie zwanzig Jahre im Dienst ist, hinter Gitter. Aber da sind mir die Hände gebunden, weil das macht unser Justizwesen nicht mit, und deshalb hab ich einen Bluthochdruck!«

»Eben.«

»Sie sind suspendiert! Ich suspendier Sie vom Dienst, und zwar augenblicklich!«

»Danke. Ich würd mich gern einer Behandlung unterziehen.«

»Einer Behandlung?«

»Ja. Bei der Frau Doktor März. Können Sie das in die Wege leiten?«

»Das klingt ja jetzt zum ersten Mal einigermaßen vernünftig. Einsicht ist der erste Schritt zur Besserung, Herr Kreuzeder. Aber dieses Gutachten, das muss diese Psychotante noch mal überdenken. Das geht so nicht.«

19

Frau Dr. März war sich nicht ganz im Klaren, ob sie den Kommissar Kreuzeder selber behandeln sollte. Die meisten Patienten, die sie als gefährdet einstufte, überwies sie sowieso an frei praktizierende Kollegen. Vielfach ging es um das sogenannte Burnout, also dass die Betreffenden auf dem Zahnfleisch daherkamen. Dazu kam dann das übliche Zeug, Eheprobleme, Schuldenberge, Sinnkrisen, meistens in dieser Reihenfolge. Dann gab es die Sensiblen. Das waren zum Beispiel Streifenpolizisten, denen es zu schaffen machte, wenn sie bei Unfällen verbrannte oder zerfetzte Leichen gesehen hatten und dann auch noch zu den Angehörigen fahren mussten und ihnen sagen: »Gute Frau, Ihr Mann ist tot, liebe Kinder, euer Papa kommt nicht wieder, aber das Leben geht weiter, tut mir leid.« Der Fachbegriff für das, was danach mit diesen Polizisten passierte, lautete »posttraumatische Belastungsstörung«. Da kamen diese Erlebnisse nachts wieder hoch, manche Beamte schrien dann sogar und einige wurden depressiv, wenn sich so was häufte.

Ein Kommissar vom Morddezernat konnte sich eine posttraumatische Störung gar nicht leisten, weil bei ihm die traumatischen Erlebnisse überhaupt nicht mehr aufhörten. Aus dem wurde, wenn er durchhielt, automatisch ein knallharter Brocken, der auch noch seine Störung unter den Teppich kehrte. Kreuzeder, stand also im Morddezernat bald vor der Alternative, zu kündigen oder zu brutalisieren. Er hatte schließlich das durchlaufen, was die Kollegen dort »Abhärten« nennen, und war ausgesprochen erfolgreich. Aber irgendwann setzte wohl eine Art innerer Kündigung ein. Und die März fragte sich, ob er damit nicht sogar richtiglag.

Vielleicht sträubte sich sein Innenleben zu Recht gegen den Polizeiberuf. Vielleicht war er von seinem Wesen her eher ein musizierender Gastwirt, ein charismatischer Prediger oder ein philosophierender Nachtpförtner, der spät heimkehrenden Hotelgästen auf die Nerven ging. Aber das war noch alles graue Theorie. Sie wollte sich erst einmal ein genaueres Bild von ihm machen und bot ihm einen Termin in ihrer Privatpraxis an. Die befand sich in einem Reihenhaus, dessen Fassade von allerlei Kletterpflanzen bevölkert wurde. Dort wohnte sie auch. Zu ihrer Überraschung hatte Kreuzeder einen kleinen Buben dabei.

»Grüß Gott. Das ist Käptn Kirk.«

»Grüß euch. Kommt doch rein.«

Bei ihrem rechten Auge war nicht nur die Netzhaut blau, sondern auch die Umgebung.

»Sie haben aber rabiate Patienten.«

»Das war gar kein Patient. Das war mein Briefträger. Der ist so furchtbar besitzergreifend.«

Sie führte ihre Gäste ins Wohnzimmer, in dem asiatische Möbel, Schummerlicht und Räucherstäbchen grüßten. Auf dem fernöstlichen Diwan lungerte ein dünner, langhaariger Mann herum, mit einem Ziegenbart, Jesussandalen und dem dazupassenden Lächeln.

»Das ist Eddie. Wir kennen uns von einem Töpferkurs in der Toskana. Herr Kreuzeder und Käptn Kirk.«

»Hallo, Eddie.«

Kreuzeder hob die Hand zum Gruß. Eddies Lächeln wurde breiter. Eine gelbe Zahnreihe kam zum Vorschein.

»Hallo.«

Die März deutete auf die Sitzkissen.

»Setzt euch doch. Wie wär's mit einem Tee? Jasmin? Oder grüner?«

»Bier gibt's hier keins?«

»Nein.«

Sie wandte sich an den Kleinen.

»Und du? Apfelsaft?«

»Ein Eis.«

»Hab ich nicht.«

Sie entschwebte in die Küche. Die beiden Ankömmlinge nahmen Platz. Eddie bleckte immer noch seine gelben Zähne.

»Sie sollten es mal mit autogenem Training versuchen. Ist gesünder als Bier. Ehrlich.«

Kreuzeder musterte ihn, ohne eine Miene zu verziehen. Eddies Lächeln hielt stand.

»Mir hat's jedenfalls geholfen.«

Schließlich kam die März mit einem Apfelsaft zurück, den sie Moritz hinstellte.

»Na, habt ihr euch gut unterhalten?«

Niemand hielt eine Antwort für nötig. Sie setzte sich zu der gemütlichen Runde. Der Bub schob sein Glas weg.

»Was soll das?«

»Magst du keinen Apfelsaft?«

»Quatsch nicht dumm rum, Puppe. Ich hab doch gesagt, ich will ein Eis.«

»Aha.«

Sie betrachtete den Knirps nun etwas genauer. Eddie stand auf. Sein Lächeln war dünner geworden.

»Ich glaub, ich geh dann mal. Tschüss, Leute.«

»Ich bring dich zur Tür.«

Die März begleitete ihn auf den Flur. Kreuzeder hob zum Abschied die Hand. Moritz war sauer.

»Krieg ich jetzt kein Eis, oder was?«

»Nur die Ruhe, das machen wir schon.«

»Die Puppe geht mir gewaltig auf die Eier. Ein Auge wär noch frei. Was meinst du, Spock?«

»Ich halt mich da raus.«

Die Gastgeberin kam mit einem frisch aufgebrühten taiwanischen O Long Tee zurück, ließ sich aber dann doch zu einem Spaziergang auf der Innpromenade überreden. Dort kannte sie einen Kiosk, an dem ein Langnesefähnchen wehte. Spock kaufte dem Käptn drei Eiswaffeln, mit denen er zufrieden schmatzend vor den beiden Erwachsenen herlief. Die März hatte rote Bäckchen in ihrem Porzellangesicht.

»Eddie ist wahnsinnig eifersüchtig. Dabei hat er gar kein Recht dazu.«

»Natürlich nicht.«

»Er ist kein Patient. Nur ein Bekannter. Er hat mir eine fürchterliche Szene gemacht wegen dem Briefträger. Der kommt immer wieder mal zum Frühstück. Er ist ja unheimlich lustig.«

»Das sieht man.«

»Ich weiß auch nicht, was in ihn gefahren ist. Ich hab immer gedacht, ich bedeute ihm gar nichts. Er ist ja verheiratet und hat vier Kinder.«

»Der Briefträger oder Eddie?«

»Der Briefträger. Er heißt Jochen. Eddie hat zwei Kinder und ist geschieden. Lebt aber noch mit seiner Exfrau zusammen.«

»Mhm.«

»Das interessiert Sie vielleicht gar nicht so sonderlich?«

»Nein.«

»Ich finde das alles verwirrend, aber es ist mein Leben. Ich kann gar nichts dagegen tun. Ich will auch nichts dagegen tun.«

»Solang es bei einem blauen Auge bleibt, ist das ja alles noch im grünen Bereich.«

»Ach, ich bin auch schon heftiger vermöbelt worden. Aber das nehm ich in Kauf. Ich will leben, mich lebendig fühlen.«

»Natürlich.«

»Früher hab ich immer gehofft, dass ich mit jeder gescheiterten Beziehung wenigstens in meinem Fach weiterkomm. Dass ich als Psychologin dazulern. Aber es wird alles immer verwickelter und verworrener.«

»Vielleicht haben Sie sich ein bisserl zu sehr auf Beziehungskisten spezialisiert.«

»Meinen Sie?«

»Es gibt auch noch andere Aufgaben.«

Er war stehen geblieben und sah nach vorn. Seine Begleiterin folgte seinem Blick. Moritz hatte drei Schwäne entdeckt und traktierte sie mit Steinen. Flatternd und kreischend flüchteten sie zum Wasser und zwei davon schafften es auch. Der dritte blieb auf der Seite liegen und bewegte nur noch schwach einen Flügel. Der Bub packte ihn am Kopf und am Hals und murkste ihn mit einer ruckartigen Drehung ab. Die März war entsetzt.

»Was ist denn das?«

»Demnächst wohl ein Braten.«

»Aber das ist doch … Wilderei. Oder nicht?«

»Ich weiß nicht, wem die Schwäne gehören.«

»Vermutlich der Stadt. Wir müssen schaun, dass wir hier wegkommen. Sonst holt noch jemand die Polizei.«

Sie kicherte hysterisch. Moritz brachte den Schwan. Er hatte ihn am Hals gepackt wie an einem Henkel und schleifte ihn hinter sich her. Der Kopf baumelte kläglich herab.

»Das sind Außerirdische, Spock. Einen hab ich erwischt. Wir müssen das Schutzschild aktivieren.«

»Schutzschild aktiviert.«

»Du musst ihn untersuchen. Wir müssen wissen, von welcher Galaxy die sind.«

Der Kommissar nahm das Tier in Empfang. Die

März war verstummt. Sie hatte nun wohl auch ein Schutzschild aktiviert und ihren Radar eingeschaltet.

Der Versuch, den Schwan in einer am Kiosk organisierten Plastiktüte zu verstauen, scheiterte. Der Vogel ließ sich nicht zusammenfalten. Spock wollte ihn in den Papierkorb stopfen, aber dagegen protestierte Käptn Kirk. Es half nichts, das Tier musste mit. Die März achtete darauf, einen gehörigen Abstand zu den beiden zu halten, als sie mit dem toten Schwan durch die nette kleine Straße marschierten, in der ihr hübsches Reihenhaus war.

Erst als der Kofferraumdeckel über dem toten Vogel zugefallen war, gesellte sie sich wieder dazu.

»Der Tee ist längst kalt, und ich glaub, Sie wollten sowieso keinen.«

»Nein. Ich wollte nur, dass Sie Superman mal kennenlernen.«

»Hat er nicht eben noch Käptn Kirk geheißen?«

»Käptn Kirk, Superman, Power Ranger … wo ist der Unterschied?«

»Woher kennen Sie ihn denn?«

»Ich hab seinen Vater verhaftet.«

»Wegen was?«

»Mordverdacht.«

»Auweia.«

»Aber er war's nicht. Das wissen wir inzwischen. So wie es aussieht, war es der rote Power Ranger.«

Das Gesicht der März war weiß wie Schnee, als sie den Buben ansah. Er erwiderte ihren Blick, keck und herausfordernd wie ein Lausbub.

Sie willigte ein mitzufahren, als Kreuzeder den Knaben heimbrachte zu seiner Mutter. Aber sie bestand darauf, auf der Rückbank zu sitzen, schräg hinter dem Kleinen. Da hockte sie dann mit eingezogenen Schultern, ängstlich nach vorne linsend, und brachte keinen Ton mehr heraus.

Der Kommissar legte eine CD ein, Motetten von Pachelbel, *Jauchzet und Singet dem Herrn.* Schließlich noch den *Kanon in D.* Er kannte keine Musik, die mehr mit der Welt versöhnte als Pachelbels *Kanon in D.* Selbst die hässlichen grauen Betonquader an der nordöstlichen Ausfallstraße von Passau, in denen Menschen Tag und Nacht mit Motorenlärm, Auspuffgestank und Fernsehserien gefüttert wurden, verloren ihren Schrecken bei diesen Klängen. Sie waren nur noch ein garstiges Traumgespinst. Pachelbel öffnete die Herzen. Alles wurde richtig und alles wurde gut. Wenn erst die Kaufhäuser und Supermärkte die Wirkung dieser Musik entdeckten, würden sie sicher Pachelbel spielen, und die Leute würden kaufen, kaufen, kaufen. Sie würden in der Kirche sogar dem Pfarrer den Spruch abkaufen: »Wir können nicht wissen, was Gott mit uns vorhat.«

Nur die März blieb bei Pachelbel starr und steif und wurde mit ihrem Grauen nicht fertig. Am Holznerhof trottete sie wie eine mechanische Puppe hinter Kreuzeder und dem Buben her. Die Holznerin saß vor dem Fernseher und reagierte nicht sonderlich auf die Eintretenden.

»Grüß Gott, Frau Holzner.«

»S’ Gott.«

»Wir haben Ihnen Ihren Buben wiedergebracht.«

Sie nickte bloß, ohne sich noch mal umzusehen.

»Er hat einen Schwan abgekragelt. Den hab ich Ihnen in die Küche gelegt.«

»Is recht.«

Die Frau war ungefähr so munter wie die Fliegen, die an dem Band unter der Lampe klebten.

»Haben S’ Ihren Mann schon mal besucht im Gefängnis?«

»Is denn des erlaubt?«

»Natürlich.«

»Des hab ich net gwusst.«

Im Fernseher schwamm ein weißes Schiff auf dem blauen Meer. Die Zähne des braun gebrannten Kapitäns blitzten in der Sonne. Eine Bordkapelle spielte einen Foxtrott.

»Worum geht’s denn da in dem Film?«

»Eine Liebesgeschichte. Lauter Schmarren.«

»Also dann. Schönen Tag noch, Frau Holzner.«

»Is recht.«

20

Erst auf der Heimfahrt nach Passau legte sich die Schockstarre der März allmählich.

»Ich mach das nicht.«

»Was?«

»Sie wollen, dass ich den Jungen therapier. Deswegen haben Sie ihn doch angeschleppt. Aber ich kann so was nicht.«

»Sie haben doch ein Diplom, oder?«

»Ja, klar. Aber ich brauch selbst eine Therapie.«

»Das braucht ihr doch alle.«

Allmählich wurde es dunkel. Die Straße kam der März viel zu schmal vor für zwei Autos, und immer wenn zwei Scheinwerfer entgegenkamen und schließlich vorbeihuschten, zuckte sie zusammen.

»Außerdem hab ich vor Killern Angst.«

»Er ist ein Kind.«

»Natürlich. Jetzt brauchen Sie nur noch zu sagen, ein netter, kleiner Bursche. Nur leider rattert ab und zu ein Film in ihm los, in dem er sich ganz großartig vorkommt. Aber das geht ein bisschen sehr auf Kosten seiner Umgebung, finden Sie nicht?«

»Doch. Das ist ja das Problem.«

»Ich kann es nicht lösen. Alles, was ich Ihnen anbieten kann, ist ein Chop Suey.«

»Ein was?«

»Ein Chop Suey. Das ist eine Flugente mit allem möglichen Zeug drin. Bambus, Pilze und so. Sehr chinesisch. Hab ich in der Gefriertruhe.«

»Wenn Sie sich die Mühe machen wollen.«

Er setzte darauf, dass sie die Dinge vielleicht anders sehen würde, wenn ihre Alarmanlage aufgehört hatte, verrückt zu spielen. Tatsächlich verschwand auch der schrille Unterton in ihrer Stimme, als sie zwischen ihren Chinamöbeln herumsausen, die Glatze ihres grinsenden Terrakottabuddhas tätscheln und ein paar Räucherstäbchen zum Glimmen bringen konnte.

Er veranstaltete schon mal eine Weinprobe und sah ihr zu, wie sie die Aluschale mit dem gefrorenen Chinesengericht aus der Pappschachtel schüttelte und in den Backofen bugsierte. Sie stellte den Küchenwecker und legte los:

»Der Junge hat also mit angesehen, wie seinem Vater alle Felle davongeschwommen sind. Er sieht, wie der Vater kämpft, aber keine Chance hat, null. Ein Loser mit der entsprechenden Wut im Bauch.«

»So ungefähr.«

»Natürlich will der Bub seinem Vater helfen. Also identifiziert er sich mit den Superhelden, die er vom Fernsehen kennt und die wissen, wie man die Probleme löst. Lernen am Modell nennt man das. Superman, Wyatt Earp, James Bond und wie diese Cracks alle heißen, die die Bösen abknallen.«

»Immerhin kämpfen die für das Gute.«

»Das glaubt doch jeder von sich. Wenn Sie eine

Umfrage starten, wer sich zu den Guten rechnet, landen Sie bei neunundneunzig Prozent. Die Bösen sind immer die anderen. Jede Wette, dass auch dieser Bauer sich zu den Guten zählt und der Bub sowieso.«

»Sie sind eine gute Psychologin.«

»Sie haben mich missverstanden.«

»Wieso?«

»Alles, was ich Ihnen sagen will, ist, dass ich dem Jungen nicht helfen kann. Er ist plötzlich in einem anderen Film, und es ist ein Film, in dem er ein Hero ist. Er ist der King of the World. Wie soll ich ihm das beibringen: Hey, Kleiner, dein Film ist der, in dem du ein Loser bist. Dein Vater ist einer von den Millionen Losern. Er ist eine arme Sau. Schau ihn dir genau an, denn du bist wie er.«

»Sie meinen, das hört er nicht gern?«

»Genau. Das Einzige, was mich wundert, ist, dass nicht mehr von diesen Kindern herumballern. Das Rezept kriegen sie ja von Hollywood. Und wenn ich sage Kinder, dann meine ich die kleinen und die großen, denn die meisten Menschen bei uns sind in punkto seelischer Reife auf dem Stand von Zehnjährigen.«

Sie blickte kurz auf den Küchenwecker.

»Das Chop Suey wird noch ein bisserl dauern. Möchten Sie vorher noch eine Frühlingsrolle? Die kann ich rasch in die Mikrowelle tun.«

»Sie geben dem Kleinen keine Chance?«

»Er hat keine. Die werden ihn in ein Heim sperren, wo alles vertreten ist. Lauter kleine Killer, Sadisten und sonstige Psychopathen. Da lernt er dann, was er noch nicht weiß. So ist das nun mal. Also? Frühlingsrolle, ja oder nein?«

»Ist mir wurscht.«

Es gab Frühlingsrollen. Sie waren mit einem Gemüsematsch gefüllt, der den Geruch der Plastikverpackung angenommen hatte. Es war sehr viel Salz nötig, und das Salz machte die beiden durstig. Die Weinflasche wurde rasch leer und eine zweite auch. Die März hatte wacker mitgehalten, aber sie vertrug nicht so viel wie ihr Gast. Der Küchenwecker hatte schon längst gebimmelt, und das Chop Suey wurde immer dunkler. Hinter der Glasscheibe des Backofens breitete sich Rauch aus.

»Ihr Chef hat mich angerufen, dieser Kriminaloberrat …«

»Becker.«

»Er hat gesagt, dass Sie willens und bereit sind für eine Therapie.«

Kreuzeder schwieg.

»Ich würd Sie gern überweisen. Und zwar zu einem Kollegen, der sich mit Alkoholproblemen auskennt.«

»Das braucht's nicht. Ich kenn mich selber mit Alkoholproblemen aus.«

»Das glaub ich Ihnen. Außerdem will Becker ein neues Gutachten. Er bezweifelt, dass Sie noch diensttauglich sind. Er hält Sie für gemeingefährlich.«

»Und Sie? Für was halten Sie mich?«

»Ich vermute, dass Sie wahnsinnig sind.«

»Aha.«

»Das Problem ist nur, dass fast alle wahnsinnig sind. Das ist jedenfalls meine Theorie. Es gibt nur ganz wenige, die nicht wahnsinnig sind. Aber das sind Ausnahmen. Die sind nicht normal.«

»Haben S' diese Theorie schon mal irgendwo veröffentlicht?«

»Nein. Ein ganz entscheidendes Symptom für den Wahnsinn ist die fehlende Krankheitseinsicht. Also, wenn Sie einem Wahnsinnigen sagen, dass er spinnt, dann glaubt er das nicht. Deswegen hat das auch keinen Sinn, dass ich meine Theorie veröffentliche. Es würde mir keiner glauben.«

»Ich schon.«

Er schnupperte, und auch die März roch es jetzt. Sie kicherte, als sie die Bescherung im Backofen sah, schaltete das Gerät aus und öffnete die Klappe. Der Rauch quoll nun in die Küche.

»O weh.«

Er machte das Fenster auf. Sie nahm einen Topflappen, zog die Aluschale heraus, stellte sie ins Spülbecken und ließ kaltes Wasser über die verkohlte Flugente laufen.

»Das Chop Suey können wir vergessen.«

»Macht nichts. Ich wollt sowieso noch in den Grauen Raben.«

Er beugte sich aus dem Fenster und atmete die kalte Nachtluft ein. Durch die Rauchschwaden sah sie seine Gestalt nur noch in Umrissen.

»Fühlen Sie sich manchmal einsam?«

»Wieso?«

»Ich frag nur. Schließlich muss ich der Sache ja auf den Grund gehen.«

»Welcher Sache?«

»Na, warum Sie Ihren Lebensmittelpunkt praktisch ins Wirtshaus verlegt haben.«

»Wenn ich mich einsam fühl, dann zieh ich los und mach ein paar Verhöre.«

»Also das würde mich nicht befriedigen.«

»Das seh ich.«

»Woran sehen Sie das?«

»An Ihrem blauen Auge.«

»Ich ruf Ihnen ein Taxi.«

»Danke, nicht nötig. Ich kann schon noch selber fahren.«

»Auf keinen Fall.«

21

Die Wartezeit auf das Taxi wurde mit Grappa überbrückt. Dabei wurde die März so fidel, dass sie auf den Grauen Raben neugierig wurde. Die Nacht war noch jung.

»Ich hab kein Haustier, auf das ich Rücksicht nehmen muss, ich bin frei wie der Wind.«

Dem Taxifahrer erzählte sie, dass ihr Vorname Carmen sei und dass das für eine Rothaarige durchaus problematisch sei. Sie sei zwar so leidenschaftlich wie die Carmen aus der Oper, so voller Leben, aber viel zarter besaitet und deshalb sei alles so schwierig und verwirrend. Der Marokkaner am Steuer hörte sich das alles kommentarlos an, und auch Kreuzeder nickte nur ab und zu, wenn sie ihn mit einem Seitenblick bedachte.

Die Bichler hatte schon begonnen, die Stühle auf die Tische zu stellen, und beobachtete äußerst unwillig, wie sich diese an einem Auge demolierte Schönheitsstatue mit ihrem Stammgast an den »Smoking Champions«-Tisch setzte.

»Wir machen in zehn Minuten zu, und zu essen gibt's auch nichts mehr.«

Frau Doktor Carmen März ließ sich dadurch nicht beeindrucken.

»Dann bringen S' mir bittschön einen Aperol.«

»Sekt haben wir keinen mehr heroben.«

»Und was heißt das?«

»Soll ich etwa Ihretwegen in den Keller gehen? Um die Zeit? Wenn Sie den Karton hochtragen wollen, bitte sehr. Ich mach das nicht mehr. Ich hab genug Kartons hochgeschleppt in meinem Leben.«

Kreuzeder mischte sich ein.

»Geh, sind S' doch so gut, Gerda, und bringen S' uns einen Grünen Veltliner.«

Die Bichler schlurfte mit finsterer Miene zur Theke.

»Das ist aber eine eigenartige Kellnerin.«

»Ein armes Luder ist das.«

»Warum ist die so aggressiv?«

»Der Wirt drangsaliert sie.«

»Das muss sie aber nicht an mir auslassen.«

Das blau umrandete Auge der März zwinkerte.

»Ich glaub fast, Sie haben da eine Verehrerin.«

»Das kann schon sein. Es geht ihr ja ziemlich schlecht.«

»Sie führen das darauf zurück?«

»Hauptsächlich.«

Die Bichler kam mit einer Whiskyfahne, einer Weinflasche und drei Gläsern daher.

»Sie haben doch nichts dagegen, wenn ich mich ein bisserl hersetz.«

Sie wartete erst gar keine Antwort ab, verteilte die Gläser und schenkte ein.

»Wissen S', was der Wirt zu mir gesagt hat? Er stellt

jetzt sein Privatvergnügen mit mir ein, weil ich angeblich zu laut bin im Bett und außerdem alles schmutzig mach. Muss ich mir so was sagen lassen?«

Kreuzeder wich vor der hochprozentigen Wolke aus Fusel, Schweiß, Maiglöckchen und Empörung ein wenig zurück.

»Sie sind ihm wahrscheinlich lästig.«

»Auf einmal? Jahrelang hab ich herhalten müssen, weil in Bezug auf seine Frau die Luft raus ist, und jetzt mach ich auf einmal sein Bett schmutzig! Ja, bin ich denn ein Haufen Dreck, den man wegkehrt?«

»Mich brauchen S' da nicht fragen. Ich bin erst zuständig, wenn irgendwo der Geduldsfaden reißt.«

»Soll ich das jetzt schlucken, dass ich ausgedient hab, so wie ich jahrelang sein Zeug geschluckt hab? Ich frag Sie als Stammgast. Ich möcht wissen, was die Stammgäste dazu sagen, wenn jetzt auf einmal eine Tschechin hier bedient!«

»Ist es also so weit?«

»Irina heißt sie. Viel mehr weiß ich auch nicht. Und dass ich sie anlernen soll. Das wird obendrein von mir verlangt, dass ich ihr alles zeigen soll! Vielleicht soll ich ihr auch noch zeigen, wie das Hosentürl vom Wirt aufgeht?«

Die März hatte verblüfft zugehört, jetzt wurde sie aber doch ungeduldig.

»Entschuldigen Sie, aber wir haben hier ein Gespräch.«

»Ich hab auch ein Gespräch, und zwar mit einem Stammgast. Als Kellnerin mit einem Stammgast.

Ich bin hier zwar nicht mehr lange Kellnerin, aber noch bin ich es. Und letzten Endes bin ich auch ein Mensch.«

»Das bestreitet niemand.«

»Haben Sie ein Festgehalt?«

»Ja, wieso?«

»Dann sollten Sie die wenigen Männer, die auch noch ein Festgehalt haben, in Ruh lassen. Wozu brauchen Sie überhaupt einen Mann, wenn Sie ein Festgehalt haben?«

»Das frag ich mich auch manchmal.«

»Man braucht sie doch nur eine halbe Stunde und hinterher sollt man sie erschlagen, wie dieses Insekt das macht.«

»Sie meinen die Gottesanbeterin?«

»Heißt die so? Na, das passt ja.«

»Die erschlägt das Männchen aber nicht. Sie frisst es einfach auf.«

»Respekt. Wie ist das eigentlich, Herr Kommissar? Mit was muss ich denn rechnen, wenn einmal ein Unglück geschieht?«

»Was für ein Unglück?«

»Zum Beispiel, wenn ich dem Wirt aus Versehen ein Messer reinrenn? Sagen wir mal zwanzigmal?«

»Das kommt auf das Gericht an. Wie die das beurteilen. Ob die das als Totschlag werten oder als Mord. Wollen S' da genaue Zahlen wissen?«

»Doch, das interessiert mich.«

»Also ein Totschlag bringt Ihnen bis zu zehn Jahre, von denen S' bei guter Führung sieben oder acht absitzen müssen. Ein Mord bringt Ihnen lebenslänglich, und das sind in der Praxis, wenn Sie sich im Gefängnis einigermaßen benehmen, zwanzig Jahre.«

Die Bichler schlürfte ihren Wein und kräuselte ihre Stirn, wie sie das manchmal tat, wenn sie die Striche auf einem Bierdeckel zusammenrechnete.

»Da ist also nur der Totschlag interessant. Wird das auf die Rente angerechnet, die Jahre, die man da eingesperrt ist?«

»Wenn Sie im Gefängnis eine Ausbildung machen.«

»So was geht?«

»Sie können sogar eine Meisterprüfung machen, zum Beispiel als Friseuse. Das wär möglich.«

»Das wird ja immer interessanter.«

»Computerkurse, das gibt's inzwischen alles. Es haben auch schon Leut ihre künstlerische Ader im Gefängnis entdeckt, weil es da einfach weniger Abwechslung gibt.«

»Kann ich dort auch in meinem Alter noch Friseuse werden?«

»Da spricht nichts dagegen. Friseuse, das könnten Sie auch von der Intelligenz her packen.«

»Und wovon hängt das ab, ob es ein Totschlag oder ein Mord ist?«

»Mord ist es bei niederen Beweggründen und wenn es geplant ist, sozusagen. Also vorsätzlich, wie es in der Amtssprache heißt.«

»Eine Ausbildung als Friseuse ist ja kein niederer Beweggrund.«

»Damit würd ich vorsichtig sein, weil das klingt

schon sehr nach Vorsatz. Und das, worum es Ihnen eigentlich geht, nämlich dass Sie sich rächen für die diversen Gemeinheiten, das kann durchaus als niederer Beweggrund gewertet werden.«

Der Bichler war die Enttäuschung direkt anzusehen. Kreuzeder schnupperte an seinem Veltliner, schlürfte ihn genüsslich in sich hinein und stellte das Glas erst wieder ab, als es leer war.

»Wenn Sie allerdings zwei Promille intus haben, oder sagen wir lieber drei, dann sieht das eher nach einem Totschlag aus, erfahrungsgemäß.«

»Also ein Vollrausch wär dann auf alle Fälle angesagt.«

»In Deutschland schon und in Bayern sowieso. In Frankreich kriegen S' mildernde Umstände, wenn die Leidenschaft im Spiel ist, Eifersucht und solche Sachen. Bei uns wird kulturbedingt der Vollrausch honoriert.«

Der Wirt kam hereingestapft. Er blieb kurz stehen, musterte die drei am Tisch mit einem schnellen Blick und ging sogleich hin. Er hatte ein Knödelgesicht mit kleinen, schlauen Äuglein, die hinter den Fettpolstern auf der Lauer lagen, um sich auch ein Stück vom Kuchen dieser Welt abzuschneiden. Über den Brusthaaren, die bis zum Hals hinaufwuchsen, baumelte ein Goldkettchen. Er grüßte gar nicht erst, sondern fuhr die Bichler sofort an:

»Was hockst denn du schon wieder da rum?«

»Sind doch sonst keine Gäste da.«

»Dann spült man die Gläser, putzt die Theke oder

macht sich sonst irgendwie nützlich. Der Herd in der Küch ist schon seit Tagen fettig. Ich zahl dich doch nicht fürs Rumsitzen. Faules Stück.«

»Sehen S', Herr Kommissar, so isser. So isser immer.«

Die kleinen Äuglein des Wirts wanderten zu seinem Gast. Ein spöttisches Grinsen spielte um seine Mundwinkel.

»Wollen S' es haben?«

»Was?«

»Die Gerda. Von mir aus können S' es haben, frei Haus. Nehmen S' es mit.«

»Wieso?«

»Die hockt doch nicht umsonst dauernd bei Ihnen rum. Ich hab doch Augen im Kopf.«

»Ich halt mich da raus.«

»Ich tät sie Ihnen glatt abtreten und ein Bier und einen Schnaps gratis dazu. Quasi ein Herrengedeck.«

Die Bichler sprang so heftig auf, dass sie ihren Stuhl mit den Kniekehlen umstieß und er auf die Steinfliesen polterte. Sie griff sich die Weinflasche, und wenn Kreuzeder nicht sofort ihren Unterarm gepackt hätte, dann hätte es wahrscheinlich gescheppert.

»Lassen S' die Flasche ruhig da, Gerda, die ist ja noch halb voll.«

Sie ließ aus und er auch. Dann drehte sie sich abrupt um und stolzierte in die Küche. Die Tür schmiss sie so zu, dass die Leuchtreklame über der Theke flackerte. Der Wirt wusste nicht so recht, was er von alldem halten sollte. Er bückte sich schnaufend nach dem Stuhl, stellte ihn wieder auf seinen Platz und setzte sich darauf. Nachdem er das Etikett auf der Weinflasche betrachtet hatte, schenkte er sich das Glas voll, das seine Kellnerin zurückgelassen hatte, und füllte auch Kreuzeders Glas. Die März hatte ihren Wein noch nicht angerührt. Sie war wieder mal in ihrer Schreckstarre und schaute drein, als wäre die Faust auf ihrem blauen Auge eben erst gelandet. Der Wirt hob sein Glas.

»Dann sag ich erst einmal Prost.«

Die Gläser der beiden Herren waren rasch wieder leer. Die Flasche auch. Der Wirt schlurfte zur Theke, um eine neue zu holen.

»Früher, in meine goldenen Zeiten, da hat's glangt, wenn ich zu einer Frau gesagt hab: Schleich dich. Damit war alles erledigt. Weil früher, da haben die Frauen einen Stolz besessen und an den hat man appellieren können. Aber welche Frau hat heut noch einen Stolz?«

Die Stimme der März hatte wieder jenen schrillen Unterton, der immer mitschwang, wenn sie innerlich fror.

»Ich finde, dass Ihre Kellnerin eine Menge Stolz besitzt.«

Der Wirt drehte im Gehen den Schraubverschluss des Veltliners auf.

»Finden S'? Wissen S', was die zu mir gesagt hat? Wenn du mich abservierst, dann lad ich deine Frau zum Kaffee ein und dann wird geplaudert. Wenn das keine üble Drohung ist.«

Er pflanzte sich wieder hin und schenkte die Gläser erneut voll. Kreuzeder lehnte sich zurück.

»Glauben S' denn, Ihre Frau weiß von nichts?«

»In dem Punkt bin ich konservativ. Ich hab das alles von ihr ferngehalten, weil die Ehe ist mir heilig. Schon aus Gewohnheit.«

»Könnten S' sich denn eine Scheidung leisten? Finanziell, mein ich?

»Eben nicht. Wenn meine Frau abdampft, krallt sie sich doch das halbe Wirtshaus. Die Gerda muss eine Ruh geben, sonst kann ich einpacken. Wie teuer ist so was eigentlich inzwischen? Ich frag nur aus Interesse.«

»Was meinen S'«?«

»Eine klitzekleine Drohung. Also dass man jemand zeigt, ich bin kein Spaßvogel.«

»Die Weißrussen machen so was. Und die Moldawier. Aber da kenn ich mich weniger aus damit. Ich hab ja immer mit den Radikallösungen zu tun.«

»Und wie sind da die Preise momentan?«

»Warum wollen S' denn das wissen?«

»Nur so. Man will ja ein informierter Bürger sein, damit man mitreden kann.«

»So viel wir wissen, laufen diese Geschäfte momentan ab tausend Euro.«

»Das ist geschenkt.«

Die März folgte dem Gespräch mit zunehmendem Entsetzen. Die Jahre, in denen sie an den Schattenseiten des Polizeidienstes herumgedoktert hatte, hatten ihr noch keine Abstumpfung beschert, und auch der Balsam der Wurstigkeit blieb ihr trotz des immensen Pensums an Alkohol, das sie in dieser Nacht schon bewältigt hatte, verwehrt. Sie litt. Der Kollege aus dem Morddezernat kam indessen immer mehr in Fahrt.

»Ein Menschenleben ist heut doch nichts mehr wert. Und für uns bedeutet das nur wieder einen Haufen ungeklärter Fälle, um nicht zu sagen, unklärbarer.«

»Fliegt denn so was nicht auf?«

»Was wollen S' denn machen? Die Täter haben ja eine Topausbildung, die beste überhaupt auf dem Gebiet. In diesem Geschäftsbereich sind jetzt eine Menge Albaner aktiv, die waren bei der UCK.«

»Kenn ich nicht.«

»UCK? Die haben im Kosovo gegen die Serben gekämpft. Jahrelang. Erst waren das irgendwelche Bergbauern, aber dann sind die geschult worden von amerikanischen Elitetruppen. Delta Force. Und von den Briten auch. Diese Albaner sind jahrelang als Heckenschützen im Gebüsch gelegen. Die sind ausgebildet im Untergrundkampf und die haben die Logistik von einem Geheimdienst. Und wie dann der Krieg aus war im Kosovo … Glauben S', dass von denen jemand als Kellner arbeitet? Wo denn? Die machen das, was sie gelernt haben.«

»Tausend Euro, sagen S'? Wie kommt man denn an die Albaner ran? Ich frag nur aus Interesse. Man weiß ja nie.«

»Das darf ich Ihnen gar nicht sagen. Versuchen S' Ihr Glück einfach in Pilsen oder in Prag. Gehen S' in einen Puff und fragen S'. Weil die Puffs dort sind längst unter albanischer Kontrolle. Die Albaner haben die Russen dort rausgeschossen. Aber wenn ich Ihnen einen persönlichen Rat geben darf: Halten S' sich da lieber fern. Ich halt mich da auch fern, soweit das in meinem Beruf geht.«

»Ich hätt sowieso nur an einen Warnschuss gedacht.«

»Das machen die Albaner nicht. Die machen keine halben Sachen.«

»Ich hätt an einen Besuch gedacht. Jemand, der bei der Gerda vorbeischaut und ihr selber gar nichts tut. Er soll nur was kaputt machen von ihren Sachen. Einfach, damit klar ist, dass jeder Schritt, den sie unternimmt, Konsequenzen hat. So ein Besuch hat natürlich eine ganz andere Wirkung, wenn ein Orientale aufkreuzt in Form eines Russen oder so. Prost.«

»Prost.«

Die beiden leerten ihre Gläser. Der Wirt rappelte sich auf. Kreuzeder und die März auch.

»Ihre Zeche geht heut aufs Haus. Was haben S' denn gehabt?«

»Die Veltliner.«

»Passt schon.«

»Danke.«

»Kennen Sie Russen, die so was machen? Von mir aus kann es auch ein Weißrusse sein.«

»Sowieso. Aber ich hab Ihnen schon viel zu viel erzählt. Außerdem ist Ihre Kellnerin doch sowieso schon arm dran.«

»Soll ich vielleicht zuschauen, wie sie meine Ehe zum Platzen bringt?«

»Ich misch mich da nicht ein. Aber muss das denn sein, dass Sie sie rausschmeißen?«

»Eine von drüben krieg ich für die Hälfte. Ich hab auch schon eine. Ich kann's mir einfach nicht leisten, so viel Geld zum Fenster rauszuschmeißen. Wenn Sie ein schöneres Auto zum halben Preis kriegen, was machen Sie dann? Alles wird teurer, die Butter, das Benzin, alles. Und demnächst brauch ich auch noch ein Gebiss oder Plantate oder so was. Aber jetzt muss ich bieseln.«

22

An der frischen Luft kam wieder Leben in die März. Kreuzeder sah alles doppelt und musste sich an die Mauer des Grauen Raben lehnen, um nicht umzufallen. Sie warteten auf ein Taxi. Die März war die Straße ein wenig hinaufmarschiert, als wollte sie dem Taxi entgegengehen, aber sie wusste ja gar nicht, aus welcher Richtung es kommen würde. Wahrscheinlich wollte sie nur einen Abstand zwischen sich und den Trunkenbold an der Wirtshausmauer bringen. Sie kam aber wieder zurück.

»Ich bin fassungslos. Ich überlege gerade, ob ich nicht umgehend die Justiz einschalten muss. Sie haben dieser aufgebrachten Kellnerin Ratschläge gegeben, wie sie sich im Falle einer Bluttat mildernde Umstände verschaffen kann, und Sie haben diesem dubiosen Wirt Hinweise gegeben, wie er an einen Auftragskiller kommt. Ist Ihnen überhaupt klar, welchen Straftatbestand Sie damit erfüllt haben?«

Kreuzeder sah zwei März, eine schöner als die andere. Wie konnte das sein?

»Dass man in Bayern mit einem Vollrausch vor Gericht bessere Karten hat, weiß doch bei uns jedes Kind. Und der Wirt soll ruhig in Pilsen in einen Puff gehen und nach einem Auftragsmörder fragen. Da handelt er sich nämlich eine Tracht Prügel ein und sonst nichts, weil da gerät er an den tschechischen Hausmeister.«

»Was ist dann mit den Albanern?«

»Die sitzen doch da nicht rum. Die tauchen ab und an zum Kassieren auf und verschwinden gleich wieder. Weil so dumm sind die auch nicht, dass sie den Russen eine Zielscheibe bieten.«

»Jedenfalls haben Sie hier in betrunkenem Zustand Spezialkenntnisse aus dem Morddezernat weitergegeben. Und das kann ich nicht auf sich beruhen lassen. Ich hab anfangs geglaubt, dass Becker übertreibt, aber das ist offenbar nicht der Fall. Ich werde der Dienstaufsicht in Landshut meine Bedenken melden, und dann sollen die entscheiden, ob Sie überhaupt noch tragbar sind im Polizeidienst.«

»Wenn's nach Ihnen geht, gibt's doch bei der Polizei mehr Alkoholiker als im Bundestag.«

»Das hab ich nie behauptet.«

»Aber darauf läuft's doch hinaus.«

Das Taxi hielt. Sie stieg ein. Der Fahrer beobachtete misstrauisch, wie Kreuzeder auf seinen Wagen zuwankte, und weigerte sich, ihn mitzunehmen. Die März zog die Tür zu.

»Fahren S' ruhig los. Es ist Sommer. Da wird er schon nicht erfrieren.«

Kreuzeder sah vier Rücklichter entschwinden und suchte wieder Halt an der Mauer. Er rutschte langsam daran herunter und kippte um. Mit Mühe gelang es ihm, wenigstens eine sitzende Position einzunehmen.

Er war bereits am Wegdämmern, als über den Asphalt Schritte tapsten. Er sah vier Beine, die in rosa Hausschuhen steckten. Sie waren mit silbernen Plüschbällen verziert. Von irgendwo über ihm kam die Stimme der Bichler.

»Ich hab zwar keinen Flokatiteppich, aber irgendein Platzerl werden wir schon finden.«

»Das ist sehr freundlich, aber lassen S' nur.«

»Der Wirt frequentiert mich heut bestimmt nicht mehr, und wenn doch, dann fliegt ihm was entgegen.«

»Ich komm schon zurecht.«

»Am End werden S' noch verhaftet.«

»Wenn eine Streife kommt, dann zeig ich denen meinen Dienstausweis, und dann fahren die mich heim.«

»Soll ich eine rufen?«

»Das wär sehr angenehm.«

23

Die Bichler rief tatsächlich bei der Polizei an. Einer der Streifenbeamten kannte den Kommissar sogar, und so landete er sicher zu Hause. Sie halfen ihm die Treppe hoch und verpetzten ihn auch nicht.

Am Sonntag fuhr er nach Oberkirch und dirigierte im Auto die Violinen, Violen und Celli aus dem dritten der *Brandenburgischen Konzerte* von Johann Sebastian Bach. Der Fußballplatz lag etwas außerhalb des Dorfs am Waldrand. Die Spielvereinigung Oberkirch hatte ein Heimspiel. Technische Kabinettstückchen waren rar. Beide Mannschaften versuchten, über den Kampf zum Erfolg zu kommen.

Kreuzeder spazierte hinter der Zuschauerreihe entlang und gesellte sich zu dem Mann, der am Grab Prügel bezogen und beim Leichenschmaus eine bewegende Rede gehalten hatte.

»Sie sind doch der Herr Fuchs von der Sparkass?«

»Jaja. Und Sie sind der Schluckspecht von der Kripo.«

»Sind S' jetzt eigentlich Kassenwart geworden?«

»Einer hat sich ja opfern müssen. Mei, schaun S' sich den Schiedsrichter an! Der hat doch zwei Glasaugen!«

Ein Pfiff hatte für Unmut beim Heimpublikum

gesorgt. Fäuste wurden geschüttelt, Beschimpfungen über den Platz gerufen, »Ja, du Blinder, du! … Geh doch heim, du schwarze Sau!« Das Spiel wurde mit einem Freistoß für die Gastmannschaft fortgesetzt.

»Gibt's eigentlich schon einen Ersatz für den Herrn Brodl?«

»Es wird ja überall Personal abgebaut. Ich hab jetzt praktisch die doppelte Arbeit.«

»So wie es ausschaut, war der Holzner nicht der Täter.«

»Ich hab schon gehört, da hat's noch mal einen Mordversuch gegeben, wie er schon im Gefängnis war. Für uns ist des natürlich unangenehm, wenn da nichts aufgeklärt ist. Jetzt ist ja dann bald die Versteigerung, und da lassen die Leut natürlich die Finger von dem Hof. So mysteriöse Bluttaten, wo keiner was weiß, die schrecken natürlich ab.«

»Das läuft doch jetzt über Ihren Schreibtisch, oder?«

»Ja, natürlich.«

»Wir müssen nach wie vor davon ausgehen, dass zumindest der Mord an Ihrem Kollegen mit der Versteigerung zu tun haben könnt. Ich würd Ihnen dringend empfehlen, da jetzt nicht mehr hinzufahren auf den Hof.«

»Jetzt machen S' mir direkt Angst, Herr Kommissar.«

»Wie isses denn überhaupt so weit gekommen?«

»Die meisten Höfe sind doch überschuldet. Unsere Bauern können auf dem Weltmarkt schon lang nicht mehr mithalten. Die Amerikaner und die Ukrainer haben ganz andere Flächen zur Verfügung. Aber die Zölle verschwinden, und subventionieren dürfen wir die Bauern in Zukunft auch nicht mehr. Dann geht's halt dahin.«

»Warum?«

»Warum? Das ist halt so. Das sind die Handelskonferenzen, wo des ausgekartelt wird.

Das ist alles international. Schaun S', unsere Industrie will ihr Glump ja auch überallhin verkaufen und will die Zölle und die Subventionen bei die anderen weg haben. Da bleiben die Bauern halt auf der Strecke. Aber warum interessiert Sie das?«

»Das ist rein beruflich. Ich will wissen, wer da letztendlich schuld ist. Weil kriminaltechnisch gesehen war das eine Verzweiflungstat, dieser Mord in Rechenbrunn.«

»Wir sind jedenfalls nicht schuld. Und wenn S' ein gutes Werk tun wollen, dann verhaften S' den Schiedsrichter. Weil, was der zampfeift, das ist wirklich nicht mehr zu verantworten.«

Der Sieg der Gastmannschaft, des FC Breitenbach, brachte den Schiedsrichter in eine unangenehme Lage. Vor der Umkleidekabine warteten rotgesichtige Gestalten, die nicht den Eindruck erweckten, als wollten sie noch viel diskutieren. Einige hatten Wassereimer hergerichtet. An Duschen und Umziehen war nicht mehr zu denken. Der Unparteiische zog es unter diesen Umständen vor, sich seine Sporttasche durch ein Seitenfenster reichen zu lassen. Begleitet von wüsten Drohungen erreichte er den Parkplatz, sprang verschwitzt in sein Auto und suchte das Weite.

24

Der Brief, den die März für die Dienstaufsicht entworfen hat, enthielt vor allem drei Punkte, die sie als bedenklich eingestuft hatte. Erstens, er ermittelt nur, wenn ihn ein Fall interessiert. Alles andere lässt er liegen oder kehrt es unter den Teppich. Zweitens, er ist Alkoholiker. Und drittens, er ist unberechenbar und gemeingefährlich, wenn er betrunken ist, und das ist er immer.

Vielleicht hätte sie dieses unter beträchtlichem Restalkohol verfasste Schreiben nie abgeschickt. Aber sie zeigte es Becker, und der ließ sofort den Aktenordner, den er über seinen Untergebenen angelegt hatte, kopieren, um die Empörung von Frau Dr. Carmen März mit beeindruckendem Material zu belegen. Das ursprüngliche Gutachten, das sie angefertigt hatte, verschwand im Reißwolf. Schließlich ging ein Paket auf dem Postweg nach Landshut, adressiert an den Ministerialrat Dr. Kopf im niederbayerischen Innenministerium, das eine so ungeheuerliche Schilderung des krankgeschriebenen und vom Dienst suspendierten Kommissars enthielt, dass es nur Kopfschütteln hervorgerufen hätte, wenn es nicht von einer promovierten Psychologin und einem Kriminaloberrat zusammengestellt worden wäre.

Becker informierte Kreuzeder über die Dienstaufsichtsbeschwerde und teilte ihm mit, dass seine Suspendierung so lange Bestand haben würde, bis eine Entscheidung aus Landshut vorläge. Die weitere Krankschreibung durch Dr. Batzikis sei also vorerst nicht mehr nötig.

Eine erste Reaktion des Ministeriums kam rasch. Sie besagte aber nur, dass Dr. Kopf sich mit dem Fall befassen werde, dass es aber aufgrund der Fülle der Aktenvermerke einige Zeit dauern werde, bis er zu einer Einschätzung gelangen könne.

Im Grauen Raben hatte sich derweil die Situation zugespitzt. Was dort passiert ist, steht ja zum Teil in den Gerichtsakten, aber eben nur zum Teil. Die Beteiligten, also die, die das überlebt haben, waren vor Gericht weitgehend nüchtern. Sie erzählten zu viel und zu wenig. Sie sortierten, was sie sagten und was sie lieber nicht erwähnten. Nach allem, was inzwischen bekannt ist, war es aber so, dass die Bichler an dem Tag, an dem die Bluttat passiert ist, so betrunken war, dass sie den Inhalt eines Bierglases, das für Kreuzeder bestimmt war, auf dem Weg zu seinem Tisch zur Hälfte verschüttet hat. Das war schon nach Mitternacht, und er war wie so oft der letzte Gast.

»Das ist jetzt aber nicht gut eingeschenkt.«

»Entschuldigung. Das ist heut mein letzter Tag, und da lass ich mir nichts nachsagen. Da wird eingeschenkt, dass es nur so rauscht, das garantier ich.«

Sie ist also mit dem halb vollen Glas wieder zurück zur Theke gewankt. In Kreuzeder war natürlich trotz seiner Suspendierung das kriminalistische Denken noch immer lebendig, und er zog messerscharfe Schlussfolgerungen.

»Haben Sie heut was Besonderes vor?«

»Überhaupt nicht.«

»Das hab ich mir gedacht. Wo ist denn der Wirt?«

»Der ist nach Strasruda und holt die Irina.«

»Die Irina? Ist das die Neue?«

»Das ist sie. Selbige, von der Sie in Zukunft Ihr Bier kriegen.«

»Wo hat er denn die Irina her?«

»Ich glaub, von einem Taxifahrer. Wenn Sie mich fragen, dann ist die aus einem Puff. Aber mich fragt ja keiner.«

»Das muss nicht sein.«

»Doch. Die Weiber, die im Puff arbeiten, werden früher oder später nervös. Und dann wollen sie Schlagersängerin werden oder Kellnerin oder zumindest heiraten. So, jetzt wird richtig eingeschenkt.«

Sie hielt allerdings diesmal das Glas nicht schräg genug unter den Zapfhahn, sodass sich überwiegend Schaum darin bildete.

»Oha.«

»Sie haben mir mal gesagt, dass Sie die Neue anlernen sollen?«

»Ich soll ihr alles zeigen, jawohl.«

»Heut?«

»Wann denn sonst? Gestern war ein Russe bei mir. Oder war es vielleicht ein Weißrusse? Egal. Er hat einen Zettel dabeigehabt, auf dem ist mein Name gestanden und meine Adresse. Er hat mich gefragt: Gerda Bichler? Und ich hab gesagt: Ja, wieso? Sonst hab ich gar nichts gesagt. Und jetzt sind meine Möbel kaputt. Alles ist kaputt.«

Sie schüttete den Schaum in den Ausguss und probierte es erneut.

»Haben Sie eine Hausratversicherung?«

»Sie meinen, dass ich noch was krieg für die Möbel?«

»Wenn Sie versichert sind, vielleicht.«

»Nein, ich hab nichts.«

Endlich war Bier im Glas, aber unterwegs hat sie wieder einen Gutteil davon verschüttet. Diesmal hat sie es aber selber gemerkt, ist stehen geblieben und hat die Pfütze betrachtet.

»Da ist was danebengegangen.«

»Das macht nichts. Machen Sie sich darüber keine Gedanken.«

»Ich muss nachschenken.«

»Nein, um Gottes willen. Bringen Sie mir das Glas, so wie es ist.«

Sie musterte das halb volle Glas und schwankte dabei wie eine Boje. Schließlich hat sie es kurzentschlossen ausgetrunken, ihrem Gast das leere Glas hingestellt und ist auf einen Stuhl geplumpst. So stand es jedenfalls in den Gerichtsakten. Es ist natürlich möglich, dass Kommissar Kreuzeder diese detailreiche Schilderung einer vergeblichen Bierlieferung vor Gericht nicht zum Besten gegeben hat, um den Richter und die Staatsanwältin zu erheitern, sondern um sie schon mal davon zu überzeugen, dass Gerda Bichler in dieser Nacht nicht Herr ihrer selbst war. Laut Protokoll hat er dann die Strategie gewechselt, um doch noch zu seinem Bier zu kommen.

»Haben Sie was dagegen, wenn ich mir das nächste Glas selber zapf?«

»Ist mir wurscht.«

»Möchten Sie auch noch eins?«

»Gern.«

Wie er dann selbst hinter der Theke gestanden ist und Bier gezapft hat, ist der Wirt gekommen. Er hatte eine junge Frau dabei, die offensichtlich auf Speed war. Sie hat sich gehetzt umgesehen, mit ruckartigen Bewegungen, wie ein Vogel. Der vogelartige Eindruck wurde noch verstärkt durch den im Verhältnis zum Körper zu kleinen Kopf, aus dem riesige dunkle Augen erschrocken in die Welt starrten. Ansonsten bestand sie hauptsächlich aus Schenkeln, die aus einem Röckchen ragten, das man auch für einen breiten Gürtel hätte halten können. Der Wirt war angetrunken, aber nicht so, dass ihn nichts mehr verwundern hätte können.

»Was ist denn hier los?«

Die Bichler kam von ihrem Stuhl hoch.

»Nichts.«

»Wieso schwimmt da lauter Bier auf dem Boden?«

»Keine Ahnung. Das war schon.«

»Das ist die Irina. Der zeigst jetzt alles. Und dann schleichst dich. Und wenn du auch nur ein einziges

Sterbenswörtchen zu meiner Frau sagst, dann geht mehr kaputt wie deine lächerlichen Möbel. Haben wir uns da verstanden?«

»Absolut. Meine Möbel waren also lächerlich?«

»So lächerlich wie du.«

Die Bichler ist wie benommen hinter die Theke gewankt, wo Kreuzeder ihr Platz gemacht hat. Sie hat eine Mass Starkbier eingeschenkt, in einen von diesen hellgrauen Steinkrügen. Dabei hat sie sich das Vögelchen, das mit dem Wirt hereingeflattert war, genau angesehen.

»Aus welchem Puff kommst du?«

Irina piepste.

»Gentlemen Club.«

»Ich zeig dir jetzt alles, was du wissen musst. Alles.«

Der Wirt dröhnte zufrieden.

»Die Mass kannst gleich mir bringen.«

»Und ob ich dir die bring.«

Die Bichler ist mit dem Masskrug auf ihn zugetorkelt, hat ausgeholt und zugeschlagen. Das Bier ist umhergespritzt, aber der Schlag ist danebengegangen und hat sie umgerissen, weil er ausgewichen ist. Die Irina hat den Krug blitzschnell vom Boden aufgehoben und ihn dem Wirt über den Schädel gezogen. Der ist umgekippt, hat noch einen fahren lassen, und dann war eine Ruh.

Nicht erwähnt hat Kreuzeder in seinem Protokoll, dass er selber darüber gelacht hat. Zu diesem Zeitpunkt hat er allerdings noch nicht gewusst, dass das der letzte Furz war, den dieser Gastwirt in die Welt gesetzt hat. Der Notarzt hat praktisch nur noch eine Leichenschau machen können.

25

Die Täterin war verwirrt. Sie wollte zunächst fliehen, landete aber in der Küche. Als Kreuzeder hereinkam, rüttelte sie am Kippfenster.

»Der Herr Muhrlinger ist tot. Ist Ihnen klar, was das heißt?«

Sie hörte auf zu rütteln, gab aber keine Antwort und drehte sich auch nicht zu ihm um. Auf einem Brett auf dem schmutzigen Tisch lag ein verschmiertes Fleischermesser und daneben mehrere Fettränder, die von Koteletts abgeschnitten worden waren. Er warf das Messer vorsichtshalber in eine Schublade. »Dem sein Kopf hat den Bierkrug nicht ausgehalten. Da müssen S' ganz schön draufgehauen haben.«

Sie starrte zitternd in den Hinterhof. Dort gab es nichts zu sehen. Es war alles finster.

»Wie ist denn Ihr Name?«

»Irina.«

»Und weiter?«

»Nakova. Irina Nakova.«

Selbst beim Flüstern piepste ihre Stimme. Auf ihrer linken Schulter war eine Tätowierung, die wie ein Stempel aussah oder ein Brandmal. Kyrillische Buchstaben und ein grüner Stern.

»Von wo sind Sie?«

»Gentlemen Club.«

»Ich mein, ursprünglich? Wo Sie herkommen? Wo zu Hause?«

»Kraznoborsk.«

»Ist das in Russland?«

»Ist Ukraine.«

»Haben Sie Papiere? Passport?«

Sie nickte und merkte jetzt erst, dass sie ihre Handtasche gar nicht mehr bei sich hatte. Erschrocken drehte sie sich um. Ihre großen schwarzen Augen nahmen wieder den gehetzten Ausdruck an. Sie rannte zurück in die Gaststube.

Das silberne Plastiktäschchen lag in der Bierpfütze neben dem Toten, die nun rötlich schimmerte. Sie hob es auf, rieb es an ihrem Röckchen trocken und vermied dabei den Blick auf den Schädel, dessen Lider niemand zugedrückt hatte. Die leblosen Augen des Wirts schielten jetzt. Seine Hose war nass und stank nach Urin.

Der Notarzt saß am Stammtisch und kritzelte etwas auf einen Zettel. Die Bichler hatte sich verdrückt. Der ukrainische Pass war blau. Kreuzeder blätterte die Seiten mit den kyrillischen Buchstaben rasch weiter. Das Visum war vom tschechischen Konsulat in Kiew ausgestellt.

»Beautydancer steht da in dem Visum. Sie haben eine Arbeitserlaubnis als Schönheitstänzerin. Können Sie das überhaupt?«

»Kann ich tanzen.«

»Was haben Sie im Gentlemen Club gearbeitet?«

»Beautydancer.«

»Das glaub ich nicht. Das ist doch ein Bordell, der Gentlemen Club.«

Die Nakova sagte dazu gar nichts.

»Warum haben Sie den Muhrlinger erschlagen?«

»Möcht ich bitte sehr nach Hause zu meine Mama.«

»Das wird schlecht gehen. Sie haben hier einen Mann erschlagen.«

»Möcht ich trotzdem zu meine Mama, bitte.«

»Ist Ihnen überhaupt klar, was Sie getan haben?«

»Was?«

»Ist Ihnen klar, dass der hat draufgehen können bei so einem Schlag?«

Die Nakova sah kurz zu dem Toten und schaute sofort wieder weg. Sie verhaspelte sich schier beim Sprechen.

»Hab ich meinem Papa versprochen, dass ich schicke Geld mit Post. Aber Geld ist immer weg. Du zahl Eisenbahn, du zahl Visum, du zahl Zimmer, du zahl Hausmeister, zahl Gummi, zahl alles. Was alles? Ich frage, was alles? Geld immer weg! Mama hat gesagt, Irina bleib zu Hause.«

Der Arzt sah von seinen Notizen auf, dann warf er einen Blick auf seine Armbanduhr. Kreuzeder griff sich das Handtäschchen.

»Haben Sie irgendwas geschluckt? Oder gespritzt? Irgendein Rauschgift?«

»Nix Rauschgift.«

»Irgendwelche Medikamente?«

»Was?«

»Tabletten? Für was sind denn die gut?«

Er fischte mehrere Schachteln aus dem Krimskrams.

»Ist für Angst. Hab ich immer Angst, aber wenn ich nehme diese, ist gut.«

»Und die?«

»Ist für traurig. Dass ich bin nix traurig.«

»Und die da?«

»Ist für Power. Ohne diese kein Power.«

Der Arzt kam hinzu und schaute sich die Bescherung an.

»Das sind Antidepressiva und Aufputschmittel. Eine wilde Mischung.«

Die Nakova patschte ihre Hände zusammen wie ein kleines Kind.

»Bitte darf ich jetzt gehen heim zu meine Mama?«

»Das wird nicht gehen.«

»Amsterdam?«

»Was wollen S' denn in Amsterdam?«

»Nix.«

Klotz schneite herein, mit wehendem Mantel, und mit ihm gleich die ganze Truppe von der Spurensicherung.

»Mordkommission. Bitte bleiben Sie alle, wo Sie sind. Keiner verlässt den Raum. Das gilt auch für Sie, Herr Kollege, wenn ich bitten darf.«

26

Für den jungen Kollegen war der Fall rasch abgehakt. Die Nakova gab zu, den Treffer gelandet zu haben. Zu der Frage, warum sie zugeschlagen hatte, sagte sie immer nur: »Weiß ich nix.« Damit sollten sich ruhig die Staatsanwaltschaft und das Gericht herumschlagen, wenn es darum ging, ob die Tat als Mord oder Totschlag bewertet wurde. Anders als im Falle des Mähdreschers hatte diesmal auch die Tatwaffe Platz in der Asservatenkammer.

Der Bierkrug wurde mit einer Zellophanhülle gegen äußere Einflüsse geschützt und in einem Regal neben mehreren Schusswaffen, einem Schneestecken, zwei Äxten und einem Kissen verstaut, alles Werkzeuge, mit denen bereits jemand ins Jenseits befördert worden war. Nach der Bichler wurde noch gefahndet.

Für Klotz war es wichtig, endlich einen Erfolg vorweisen zu können, denn an den beiden Mähdreschertaten hatte er sich bislang die Zähne ausgebissen. Für den suspendierten Kreuzeder hingegen war der »Bierkrugmord«, wie ihn die Presse betitelte, alles andere als klar. Es erschien ihm sonderbar, dass eine Frau, die doch einen Arbeitsplatz als Kellnerin in Aussicht hatte, ihrem zukünftigen Arbeitgeber das Lebenslicht ausgeblasen hatte. Er wollte wissen, was dahintersteckt. Seit er seines Amtes enthoben war und sich nicht mehr als Schräubchen im Räderwerk einer in seinen Augen blinden Justiz fühlte, begann er allmählich wieder Geschmack an seiner ursprünglichen Tätigkeit zu finden, im freiwilligen Rahmen sozusagen.

Es war eine laue Spätsommernacht, als er sich hinters Steuer klemmte und einen Vivaldi einwarf. Solange er seinen Alkoholpegel unter der Betäubungsgrenze hielt, brauchte er ab und zu eine schöne Musik, die ihn daran erinnerte, dass das, was sich auf den Straßen und in den menschlichen Behausungen abspielte, nicht unbedingt die Wirklichkeit war, sondern vielleicht nur ein böser Traum. Wie hatte der Prophet gesagt? Die Menschen schlafen. Sie erwachen, wenn sie sterben.

Strasruda war gleich hinter der Grenze, auf der tschechischen Seite, ein Dorf mit zweieinhalbtausend Einwohnern, zwei Spielbanken, drei Vietnamesenmärkten und achtzehn Bordellen. Das bayerische Landeskriminalamt vermutete zudem noch zahlreiche Rauschgiftküchen, in denen Chrystal hergestellt wurde, und Lagerplätze für Waffenschiebereien.

Der Bürgermeister war ein Busunternehmer, der sich für eine grenzüberschreitende Buslinie stark gemacht und auch tatsächlich den Zuschlag dafür bekommen hatte, eine großzügige Förderung durch die EU inbegriffen.

Der Gentlemen Club war im Keller eines ehemaligen Hotels. In den zwölf Zimmern darüber hausten über vierzig Vietnamesen, die im Club einen

Mengenrabatt genossen. Die Wände der Treppe, die hinabführte, waren zur Einstimmung schon mal mit roter Ölfarbe gestrichen. Die Musik, die unten dudelte, war der Diskokram für Klammertänze. Üblicherweise legten die Beautydancerinnen zu diesen Klängen einen Striptease hin, eine nach der anderen, und die herumlungernden Gentlemen bekamen eine dicke Hose und signalisierten dem Barkeeper, welche Lady sie auf ihr Zimmer begleiten wollten.

Kreuzeder hatte bei dieser Prozedur allerdings bei jedem Strip ein Weißbier gezischt und einen Schnaps runtergekippt und war prompt eingeschlafen. Die Frauen waren ratlos, und der Barkeeper weckte ihn schließlich auf, indem er ihn am Ohr zog. Er hatte einen leicht österreichischen Akzent.

»Heh, aufwachen, Freunderl.«

»Was?«

»Du gehst jetzt schön brav in ein Hotel und schlafst erst mal deinen Rausch aus.«

»Geh, bring mir noch ein Weißbier und einen Obstler.«

»Wir sind hier nicht am Oktoberfest.«

»Wo sind denn die ganzen Weiber hin? Da waren doch grad noch lauter nackerte Weiber.«

»Die haben sich schon wieder angezogen. Da hättst dir eine aussuchen können, aber so, wie du jetzt beinander bist, ist sowieso alles zu spät.«

»Ein Weißbier und einen Obstler will ich.«

»Du kriegst jetzt nix mehr, weil du bloß die anderen Gäste verschreckst. Du zahlst jetzt und dann verschwindst gefälligst. Acht Weißbier hast gehabt und acht Obstler. Macht hundertsechzig Euro gradaus.«

»Was? Wieso?«

»Zehn Euro das Bier und zehn der Schnaps.«

»Das ist doch Wucher.«

»Das ist hier ein Nachtklub, Freunderl, und kein Stehausschank.«

»Ich will den Geschäftsführer sprechen.«

»Sonst noch was? Ich bin der Geschäftsführer. Zahlst jetzt oder willst Ärger?«

»Drohen lass ich mir schon gar nicht.«

»Mirko!«

Der Barkeeper hatte selbst schon eine Bodybuilder-Statur, aber die Gestalt, die jetzt auftauchte, hätte mit dreien von seiner Sorte jonglieren können.

»Chef?«

»Du musst diesen Säufer hier überzeugen, dass er seine Zeche zahlen muss. Hundertsechzig Euro. Aber mach das auf der Treppe. Ich will hier keine Blutflecken an der Wand.«

»Okay.«

»Hier sind hundertsechzig Euro.«

Kreuzeder blätterte in Windeseile das Geld hin.

»Warum nicht gleich?«

27

Zum Polizeirevier war es nicht weit. Es war in der Hauptstraße zwischen dem Club Marilyn und einem Getränkemarkt. Die graue Fassade machte einen schäbigeren Eindruck als die der anderen Häuser. Die Fördergelder der EU waren offenbar in den neuen Omnibussen versickert.

Der Kopf des Polizisten, der Nachtdienst hatte, lag auf seinen Armen, und die lagen auf dem Schreibtisch. Er musste seine Augenbrauen hochziehen, damit seine Lider hochklappten, nachdem Kreuzeder ziemlich laut »Ahoj« gesagt hatte.

»Prosim?«

»Ich möcht eine Anzeige machen. Wegen Wucher und Gewaltandrohung und andere Sachen im Gentlemen Club.«

»Nemetcky?«

»Ja, ich bin Deutscher.«

»Muss kommen Tlumocnik.«

»Was?«

»Tlumocnik ... Interpreter ... Dolmetsch.«

»Von mir aus.«

Der Polizist gähnte, rieb sich die Augen und machte ein Telefonat auf Tschechisch. Etwa eine Stunde später, in der sich die beiden immer wieder mal am

Einschlafen gehindert hatten, erschien der Barkeeper aus dem Gentlemen Club. Er hörte halb mürrisch und halb grinsend zu, was der Wachhabende ihm zu sagen hatte. Schließlich baute er sich vor Kreuzeder auf.

»Was willst?«

»Ich wart hier auf den Dolmetscher.«

»Ich bin der Dolmetscher.«

»Mir ist unter Androhung von Gewalt Geld abgeknöpft worden.«

»Bist du ein Spaßvogel, oder was?«

»Außerdem hab ich den Verdacht auf Zwangsprostitution.«

»Ich fürchte, ich hab mich verhört. Du bist hier in einen Freundeskreis reingeplatzt und hast dich danebenbenommen. Hast du das immer noch nicht kapiert?«

»Jetzt übersetz gefälligst mal meine Anzeige.«

Nach der kleinen Unterhaltung, die der Barkeeper und der Polizist dann führten, grinsten beide.

»Du kannst jetzt erst einmal deinen Rausch in der Arrestzelle ausschlafen. Ich überleg mir derweil, wegen was ich dich alles anzeig. Zeugen hab ich jede Menge. Richte dich also schon mal auf eine längere Untersuchungshaft ein.«

»Prukazne listiny.«

»Deinen Ausweis sollst herzeigen.«

Kreuzeder kramte seinen Dienstausweis hervor und legte ihn auf den Schreibtisch. Auf einmal grinste niemand mehr. Der Polizist war plötzlich der deutschen

Sprache mächtig, entschuldigte sich beflissen und rief den Revierleiter an. Innerhalb von fünf Minuten war der da, unrasiert, mit einem zerknautschten Gesicht, in dem noch der Abdruck von Kissenfalten zu sehen war. Er stank nach Knoblauch, Schweiß und Bier. Nachdem er sich kurz mit dem Barkeeper unterhalten hatte, bat er den deutschen Kommissar in sein Büro.

Hinter seinem Schreibtisch hing ein Foto, das ihn in einer Paradeuniform zeigte, die über dem stolzen Bauch zu platzen drohte. Allerdings hatte er traurige Augen. Damit sah er aus wie ein Zirkusdirektor, dem die Tiere davongelaufen waren, weil er ihnen das Futter weggegessen hatte.

»Bitte setzen Sie sich, Herr Kriminalkommissar. Ich bin Major Cemcik und leite die Polizei von Strasruda.«

»Danke.«

Der Besucherstuhl knarzte beim Hinsetzen und wackelte. Kreuzeder vermied jedwede Belastung der Lehne.

»Wieso ist ein Dorfpolizist Major?«

»Frage ist, wieso ist ein Major Dorfpolizist.«

»Sie sind doch kein Militär. Sind Sie Geheimdienstoffizier?«

»War ich in Abteilung, was es nicht mehr gibt. Früher war Sozialismus gut und Kapitalismus war böse. Jetzt ist Kapitalismus gut und Sozialismus ist böse. Was kann ich für Sie tun?«

»Haben Sie keine Probleme mit den vielen Bordellen in Strasruda?«

»Bordelle sind für deutsche Kunden. Neues Gesetz sagt, alles erlaubt.«

»Haben Sie sich schon mal die Frauen da drin angeschaut?«

»Weiß ich. Sind Frauen aus Russland, aus Ukraine, aus Rumänien, aus Moldawien. Neues Gesetz sagt, wenn Frauen Visum haben, ist gut.«

»Bei uns hat das BKA untersucht, wie die russische Mafia arbeitet.«

»Kenne ich Wostok Bericht. Weiß ich.«

»Dann wissen Sie auch, dass die Frauen über die Beschaffung von Visa geködert werden. Ihr neues Gesetz verschafft der russischen Mafia quasi ein Monopol auf die Lieferung von Frauen für das Sexgeschäft.«

»Hab ich Ihnen gesagt, was früher böse war, ist heute gut. Was kann ich für Sie tun?«

»In Passau hat eine Frau, die hier im Gentlemen Club gearbeitet hat, einen Gastwirt erschlagen.«

»Hab ich gelesen. Bierkrugmord.«

»Ich möcht gern wissen, warum. Der Wirt hatte ihr einen Job als Kellnerin angeboten.«

»Was sagt sie?«

»Sie will heim zu ihrer Mama in die Ukraine.«

»Meine Leute sagen, Sie wollen Gentlemen Club anzeigen?«

»Mir wurden Prügel angedroht, wenn ich nicht zehn Euro pro Schnaps zahl.«

»Der Chef von Gentlemen Club ist von Österreich. Von Krems.«

»Und sein Chef sitzt vermutlich in Moskau.«

»Was früher böse ...«

»Ja, ja, ich hab schon verstanden.«

»Von mir kriegen Sie Becherovka umsonst.«

Der Major hatte eine Schnapsflasche in seinem Schreibtisch deponiert, die er nun im Sinne der Völkerverständigung einsetzte. Als der Morgen graute, sang er tschechische Volkslieder, die Tränen rollten ihm über die Backen, und Kreuzeder summte dazu.

28

Ein paar Tage später lag ein Umschlag in Kreuzeders Briefkasten, der ohne Absender war. Abgestempelt war er in Pilsen. Es fand sich eine CD darin, mit Tonaufnahmen. Offenbar hatte der Major die Bordelle verwanzen lassen und auch die Mikrofone etlicher Handys für seine Zwecke genutzt.

Die erste Aufnahme stammte aus dem Gentlemen Club. Sie war fein säuberlich nummeriert und mit Datum und Uhrzeit versehen, etwa eine Woche vor dem »Bierkrugmord«, um zwei Uhr nachts. Es musste sich in einem Zimmer zugetragen haben, denn die Musik war nur sehr gedämpft zu hören. Die Stimme des Wirts vom Grauen Raben war unverkennbar.

»Wie geht denn der Deckel auf?«

Eine Piepsstimme, die unschwer als die der Nakova auszumachen war, antwortete.

»Musst du treten auf diese schwarze Knopf.«

Es schepperte, Metall rollte auf Fliesen.

»Da kann ich jetzt nichts dafür.«

»O weh, musst du alles kaputt machen? Was hast du gemacht?«

»Der Eimer ist umgefallen. Aber die glang ich nicht an, die ganzen Gummis. Die kannst selber aufklauben. Sind die alle von heut?«

»Von gestern und heut.«

»Das sind ja … wie viele Kunden hast denn du so pro Nacht?«

»Immer zu viel.«

»Das kommt davon, weilsd so eine Schönheit bist. Das ist dein Pech.«

»Hab ich immer Pech.«

»Du gfallst mir immer besser. Dich nehm ich das nächste Mal wieder«

»Du bist mein großes Liebe.«

»Du meinst wohl, dein dickes Liebe mit dickes Geldbeutel und schönes Wirtshaus im reichen Deutschland?«

»Du glaubst nicht?«

»Ich bin doch nicht blöd. Ich hab hundertvierundzwanzig Kilo.«

»Macht nix.«

»Außerdem bin ich total hässlich. Meinst, ich weiß das nicht? Die Frauen sind schon vor mir erschrocken, wie ich noch im Kinderwagen war. Die haben zu meiner Mutter gesagt, um Himmels willen, ist das aber ein hässliches Kind. Wie kann Gott so was zulassen?«

»Und dein Mutter?«

»Die hat gesagt, das gehört mir nicht. Das gehört meiner Schwester. Ich pass nur drauf auf, weil die es nicht haben will.«

»Jetzt bist du groß und stark.«

»Das stimmt. Du magst es, wenn ich brutal bin, gib's zu.«

»Weiß nicht. Au! Du tust mir weh!«

»Zugeben sollst es!«

»Au! Ja! Geb ich zu.«

Das Klatschen von Schlägen war zu hören, ein Schnaufen und Stöhnen.

»Das gfallt dir wohl, du dreckige Hure! Du Miststück, du verdorbenes! Meinst, ich glaub dir ein einziges Wort? Von wegen Liebe! Das einzige Wort, was ich dir glaub, ist, wenn du Au schreist!«

»Au! Aaaauuuu!«

»So isses recht.«

Das Klatschen hörte auf. Irina wimmerte.

»Ja, heul nur. Du gehörst gestraft für deine Schönheit. Dassd es weißt.«

»Haben mich alle geliebt. Immer. Schöne Irina! Was ist dieses Kind schön! Hat mich mein Vater geliebt, mein Onkel, meine Brüder, alle. Leider viel zu viele Male.«

»Das hat dir doch gefallen, gibs zu.«

»Weiß nicht. Kaugummi hat mir gefallen. Meine Onkel haben mir Kaugummi geschenkt dafür. Und manchmal ein Stück Wurst oder Schokolade.«

»Also eine Hur von klein auf.«

»Weiß nicht.«

»Du weißt auch gar nix.«

»Das stimmt.«

»Aber dass das hier ein Puff ist, das weißt schon?«

»Puff schon, aber ist alles anders.«

»Wieso anders?«

»Hab ich gedacht, kommen Gentlemen. Krieg ich

viel Geld und schöne Kleider und guten Mann mit ein große Haus und Mercedes. Aber nix.«

»Das ist doch klar. Wer nimmt denn schon eine aus einem Puff?«

»Warum nix?«

»Wenn er nur noch Sperma im Hirn hat, dann vielleicht. Aber sonst bestimmt nicht. Wennsd einen guten Mann kennenlernen willst, der ein gescheites Bankkonto hat, dann musst Kellnerin werden.«

»Meinst du?«

»Sowieso. Der Flick zum Beispiel, das war einer der reichsten Männer von Deutschland, der hat auch eine Kellnerin geheiratet. Als Kellnerin bist voll dabei. Und so wie du ausschaust, mit deiner Schönheit, da kannst du einen kriegen, der nicht nur einen Mercedes hat, sondern gleich noch einen Chauffeur dazu. Dann wird's dir auch nicht langweilig.«

»Ich liebe dich.«

»Wer's glaubt, wird selig.«

Bevor sich Kreuzeder die zweite Aufnahme zu Gemüte führte, gönnte er sich zwei Bier. Sie war auf den Tag datiert, an dem es dann passiert ist. Es waren Motorgeräusche zu hören, und ab und zu quietschten Reifen.

»Meine Frau darf erst mal nichts merken, damit das klar ist.«

»Wieso?«

»Weil ihr das halbe Wirtshaus gehört.«

»Hast du gesagt, bist du geschieden …«

»Das hast falsch verstanden. Dass ich mich scheiden lassen will, hab ich gesagt. Aber das geht nicht so einfach. Das Geld hab ich nicht, dass ich sie auszahl.«

»Ich nix versteh.«

»Was ist denn da so schwer zu verstehen?«

»Du brauchst Geld?«

»Genau.«

»Hab ich schon mal gehört, das. Alle brauchen Geld.«

»Geld regiert die Welt.«

»Hab ich nix.«

»Natürlich nicht. Aber ein Talent hast.«

»Was ist Talent?«

»Talent ist, wenn man was besonders gut kann.«

»Du hast gesagt, du brauchst Kellnerin.«

»Auch. Aber wenn ein Gast mehr will, dann haben wir dafür ein Zimmer mit Dusche und eigenem Klo, verstehst?«

»Ist nix schwer zu verstehen.«

»Und wenn wir genug Geld zusammengekratzt haben, dass ich meine Frau auszahlen kann, dann machen wir's uns schön, wir zwei.«

»Hab ich schon mal gehört, das. Hört nix auf. Muss ich zahlen für Papiere, was erlauben Arbeit, für Transport, für Zimmer, für Hausmeister, für Steuer, für Musik, für alles. Warum nix zahlen für Luft, was ich schnauf? Kommt noch.«

»Haben S' dir alles abgeknöpft, deine russischen Freunde?«

»Ich bin viel nervös. Hab ich Schulden. Hab ich Fehler gemacht. Muss ich fahren nach Amsterdam.

Kenn ich eine Mann aus Amsterdam, was hat mir versprochen zu helfen, vielleicht. Weiß nicht. Du hast auch versprochen. O weh, o weh. Brauch ich Geld für Eisenbahn nach Amsterdam.«

»Du spinnst wohl.«

»Kriegst du alles zurück doppelte von diese Mann in Amsterdam.«

»Gar nix geb ich dir. Höchstens eine Kopfnuss. Du arbeitst jetzt im Grauen Raben, das ist ausgemacht und fertig.«

»O weh. Nikita findet mich auf ganze Welt. Muss ich meine Schulden zahlen, sonst wird Nikita böse. Du weißt nix. Wenn Nikita kommt, ist besser, ich bin in Amsterdam.«

»Ich kenn keinen Nikita.«

29

Wer will schon bei so einer Sache Richter sein? Einserjuristen und Zweierjuristen. Die Zweierjuristen müssen sich natürlich erst über das Amtsgericht und seine popeligen Zivilprozesse hocharbeiten, bis sie solche heftigen Strafsachen in die Finger bekommen. Bei den Einserjuristen geht es schneller.

Auch in diesem Fall hat sich das Gericht an die Buchstaben gehalten und vor allem die Frage erörtert, ob das Ableben des Wirts ein Totschlag war oder ein Mord.

Bei Kreuzeders Aussage hat es einen Eklat gegeben. Erst hat er behauptet, dass die meisten Menschen sowieso nicht wüssten, was sie tun, und alles von der Gnade Gottes abhänge. Das habe schon Martin Luther festgestellt in seinem Disput mit Erasmus von Rotterdam. Damit nicht genug, hat er auch noch mit Bibelzitaten um sich geschmissen, sodass die Staatsanwältin ihn gefragt hat, ob er betrunken sei. Er hat geantwortet, das Gericht sei doch für diesen Fall gar nicht zuständig, und ist daraufhin des Saals verwiesen worden.

Rausgekommen ist eine Haftstrafe von fünfzehn Jahren für die Irina Nakova, also irgendwie zwischen Mord und Totschlag. Die Gerda Bichler ist zu eineinhalb Jahren verurteilt worden, weil sie ja danebengehauen hat und zur Tatzeit nicht mehr gänzlich zurechnungsfähig war. Diese Strafe ist zur Bewährung ausgesetzt worden.

Aber dann ist etwas Seltsames passiert, was in der bayerischen Kriminalgeschichte so noch nicht vorgekommen ist. Die Irina Nakova sollte nach Straubing verlegt werden und die Gerda Bichler aus dem Untersuchungsgefängnis entlassen. Aber die Bichler ist in Straubing gelandet, und die Nakova ist auf freien Fuß gesetzt worden. Weil im Computer die Namen auf den Papieren vertauscht worden waren. Kreuzeder hat gesagt, das war die Hand Gottes, aber Kriminaloberrat Becker und Frau Dr. März hatten einen konkreten Verdacht. Sie konnten aber nichts beweisen.

Das Ende vom Lied war, dass die Bichler natürlich sofort freigelassen werden musste und die Nakova verschwunden geblieben ist. Die Antwort des Dorfpolizisten von Kraznoborsk auf die Anfrage der bayerischen Justiz erfolgte in kyrillischer Schrift und war völlig unleserlich. Becker tobte und ging auf Kur in Bad Reichenhall, um seinen chronischen Bluthochdruck in den Griff zu kriegen. Zu allem Überfluss erkrankte Klotz an einer Mittelohrentzündung. Es kam zu einem personellen Engpass im Passauer Morddezernat, und damit es nicht ganze Tage lang verwaiste, musste Kreuzeders Suspendierung kurzfristig ausgesetzt werden.

In diese Zeit fiel der Anruf eines Försters, der den Fund einer Leiche im Wald meldete. Er gab seinen

Standort am Grenzkamm oberhalb des Ortes Klostermühle an. »Und außerdem«, sagte er, »hat die Leiche einen Kopfschuss.« Das war an einem Sonntag. Kreuzeder hatte zwar Bereitschaft, aber sein Handy war ausgeschaltet oder kaputt. Frau Berthold, die Sekretärin, telefonierte hektisch herum und rief auch die März an und fragte sie, wo der Kommissar sein könnte.

»Woher soll ich das wissen?«

»Er ist doch Ihr Patient, oder nicht?«

»Das ist er mit Sicherheit nicht.«

Die März erbot sich trotzdem, angesichts der Dringlichkeit der Angelegenheit, zur Wohnung des Gesuchten zu fahren. Nach mehrmaligem Klingeln, Klopfen und Rufen an der Haustür hörte sie Schritte tapsen, einen Raucherhusten und schließlich eine heisere Frauenstimme.

»Was ist denn los?«

»Es hat einen Mord gegeben! Ein Kopfschuss! Ist der Kommissar Kreuzeder da?«

»Ein Mord am Sonntag? Haben die Leut denn überhaupt kein Benehmen?«

Die Bichler öffnete die Tür und schlurfte voraus zum Schlafzimmer. Sie hatte wenig an, eigentlich nur ihre rosa Hausschuhe mit den silbernen Bommeln.

»Die Frau Doktor ist da wegen einem Kopfschuss.«

»Die soll sich schleichen.«

Die März blieb im Türrahmen stehen. Das Fenster war zu. Der Rauch konnte nicht abziehen. Neben dem Flokatiteppich stand ein überquellender

Aschenbecher. Zerknüllte Zigarettenschachteln und leere Flaschen lagen herum.

»Sie werden jetzt wohl oder übel aufstehen müssen, auch wenn es erst mittags ist und draußen die Sonne scheint.«

»Schreiben S' das doch einfach in Ihre Dienstaufsichtsbeschwerde: Der Kommissar hat sich in seiner Sonntagsruhe nicht stören lassen, weil der Tag des Herrn ist ihm heilig.«

»Ich werde die Wahrheit hineinschreiben. Der Bereitschaftsdiensthabende war zu betrunken und zu faul, um sein Bett zu verlassen, während die vorbestrafte Kellnerin seines Stammlokals komplett nackt herumgestanden ist und gegrinst hat.«

Die Bichler kratzte sich am Bauch.

»Ich grins doch gar nicht.«

Nach einem kurzen Blick in die Küche zog die März es vor, auf dem Flur zu warten, bis der Kommissar sich aus dem Bett bequemt und angezogen hatte. Er kaute einen Pfefferminzbonbon, aber das nützte nichts. Sie wollte ihn nicht ans Steuer lassen und bot an, ihn zu chauffieren. Das sollte sie bereuen.

Obwohl sie das Fahrerfenster so weit geöffnet hatte, dass der Fahrtwind ihre Haare zerzauste, begleitete sie ein Geruch nach kaltem Zigarettenrauch, Schweiß, Bier und Edelkirsch, garniert mit feinsinnigen Bemerkungen.

»Haben S' schon mal einen Kopfschuss gesehen?«

»Nur im Fernsehen.«

»Da ist der Kopf weiß wie Schnee. Je nach Patrone

und Einschusswinkel kann's auch ein bisserl was vom Hirn rausbazeln.«

»Mahlzeit.«

»Wetten, dass Sie speiben?«

»Ich muss ja nicht so genau hinschauen.«

»Schon wegen dem Gestank. Und bei einer Leiche, die in der freien Natur liegt, sind auch immer eine Menge Fliegen dabei. Die schwirren umher und landen dann auch auf Ihnen.«

»Hören S' auf.«

»Das können S' auch schreiben in Ihre Dienstaufsichtsbeschwerde. Kommissar Kreuzeder hat Fliegen auf mich gehetzt.«

Sieben Kilometer hinter Klostermühle endete die Straße. Am Waldrand stand ein grüner Suzuki, daneben, die Fäuste vorwurfsvoll in die Hüften gestemmt, der Förster mit seinem Hund. Er schimpfte sofort los, dass er nie mehr bei der Polizei anrufen werde, wenn er eine Leiche finde, weil er was Besseres zu tun habe, als fünf Stunden zu warten. Fünf Stunden!

Der Hund war auch wütend, jedenfalls knurrte er böse. Sie fuhren alle in dem Geländewagen über holprige Waldwege, die stellenweise mit zerbrochenen Dachziegeln befestigt waren. Das letzte Stück mussten sie zu Fuß bewältigen. Hier gab es keinen Weg mehr, dafür viel Wurzeln, Sträucher und Farne. Die Strumpfhose der März war für ein solches Gelände nicht geeignet, und ihre Waden bekamen Kratzer.

Kreuzeder hatte nicht zu viel versprochen. Auf der

Leiche saßen tatsächlich Hunderte von Fliegen, die wild umherschwirrten, als er sich drüberbeugte.

»Schaut nach einem Kopfschuss aus.«

Der Förster war immer noch ungehalten.

»Hab ich ja gesagt.«

»Wie haben S' denn den hier gefunden?«

»Mein Hund hat ihn gefunden.«

Plötzlich sprang der Hund mit den Vorderpfoten auf die Leiche und schnappte nach den Fliegen.

»Pfui, Rambo, pfui! Weg da! Platz!«

»Nicht, dass er noch reinbeißt.«

»Der beißt schon nicht rein. Platz! Aber sofort!«

Der Hund hockte sich neben seinen Herrn und knurrte. Kreuzeder deutete den Hang hinauf.

»Sind Sie von dort oben gekommen?«

»Von da? Nein. Aber ich kann mir denken, warum Sie fragen. Ich hab das auch schon gesehen, dass da Spuren sind.«

»Wo kommt man denn da hin?«

»Da kommt der Bach runter. Das sind dann nur noch ein paar hundert Meter zur Grenze.«

Kreuzeder sah sich nach der März um. Ihr Gesicht war wächsern. Sie hatte den Kopf eingezogen und wedelte schwach mit den Armen, um die Fliegen fernzuhalten.

»Kann ich mal Ihr Handy haben, Frau Doktor?«

»Wie? Ja, natürlich. Bittschön.«

Sie kramte hastig ihr Mobiltelefon aus der Jacke und reichte es ihm. Die Miene des Försters verfinsterte sich immer mehr.

»Wie lang wird das hier denn noch dauern?«

»Das kann sich noch Stunden hinziehen. Jetzt muss erst mal die Spurensicherung antanzen, und danach müssen S' noch mit aufs Revier.«

»Was?!«

Die Äderchen auf den Wangen des Waidmanns wurden lila. Der Kommissar blieb vollkommen ruhig.

»Sie kriegen jetzt eine Menge Scherereien.«

»Ich?!«

»Sowieso. Haben Sie Zeugen?«

»Wofür?!«

»Na, dass Sie die Leiche hier aufgefunden haben. An dieser Stelle hier. Immerhin gibt es Spuren. Da ist noch gar nichts geklärt.«

»Das ist ja wohl das Letzte! Ich bin hier Förster und sonst gar nichts! Und wenn wieder mal eine Leiche in meinem Revier liegt, dann frisst sie der Luchs, das garantier ich Ihnen!«

Der Hund bellte bestätigend.

»Ihr Revier endet an der Grenze, oder?«

»Sowieso.«

»Dann tragen wir ihn einfach wieder rüber, dann hat sich die Sache. Ich bin mir nämlich sicher, dass der von dort drüben rübergeschafft wurde.«

Jetzt kam auch in die Wangen der März wieder Leben.

»Das können Sie nicht machen.«

»Jetzt mischen Sie sich bittschön nicht auch noch ein.«

»Das ist ungesetzlich. Eine Straftat ist das!«

»Dann machen S' doch eine Anzeige. Aber das wird Ihnen niemand glauben, das sag ich Ihnen gleich.«

Kreuzeder und der Förster haben dann tatsächlich die Leiche auf die tschechische Seite rübergeschafft. Dabei haben sie sie sogar ein Stück weit durch den Bach getragen, um Spuren zu verwischen.

30

Ministerialrat Dr. Kopf war ein bayerischer Beamter vom alten Schlag. Unter seinem schlohweißen Haar lauerte die landestypische Mischung aus Spießertum und Anarchie. Er hatte immer noch ein Bild von Franz Josef Strauß an der Wand, und sein Gesicht konnte von einer Sekunde zur anderen den Ausdruck wechseln. Normalerweise wirkte es korrekt und unpersönlich wie eine Parkscheibe, aber wenn er grinste, strahlte er die Geselligkeit eines ganzen Weißbierkellers aus. Dann sahen seine hellblauen Augen besonders gerissen aus. Jetzt ruhten sie prüfend auf der aufgeregten Psychologin, die er in der Sache Kreuzeder zu einer Anhörung nach Landshut gebeten hatte.

»Also, Frau Dr. März, das sind ja im Grunde Ungeheuerlichkeiten, die Sie uns da weismachen wollen. Wenn ich das alles glauben würde, dann müsste ich sofort einschreiten.«

»Inzwischen ist alles noch schlimmer geworden, Herr Ministerialrat.«

»Das kann ich mir gar nicht vorstellen.«

»Zuletzt hat er sogar eine Leiche verschwinden lassen.«

»Was?«

»Also vielleicht nicht ganz verschwinden, aber er

hat sie aus seinem Zuständigkeitsbereich entfernt. Über die Grenze nach Tschechien.«

»Wie lang sind Sie denn schon bei der Polizei?«

»Seit vier Jahren.«

»Und was haben Sie vorher gemacht?«

»Meine Doktorarbeit.«

»Worüber?«

»Über das Ich in der asiatischen Geistestradition.«

»Das sagt mir nichts.«

»In unserer Weltsicht ist das Ich fundamental. Cogito ergo sum. Für die Asiaten ist es Illusion.«

»Ich kann nicht erkennen, wieso Sie das zu einer Tätigkeit im Polizeilichen Sozialen Dienst qualifiziert.«

»Ich habe ein Einserdiplom in klinischer Psychologie und war in den fünf Jahren, während ich meine Doktorarbeit geschrieben habe, in der Suchtberatung tätig.«

»In der Suchtberatung?«

»Ich weiß gar nicht, wieso ich mich hier verteidigen muss. Hier geht es doch nicht um mich! Ich habe eine Dienstaufsichtsbeschwerde über Kommissar Kreuzeder eingereicht, und überhaupt müssten die Unterlagen, die wir Ihnen zugänglich gemacht haben, doch genügen, um diesen Menschen aus dem Polizeidienst zu entfernen. Das müsste Sie doch alarmieren!«

»Jetzt regen Sie sich mal nicht so auf. Das sind in der Tat schwerwiegende Vorwürfe, die Sie da erheben, und wir befassen uns auch damit, wie Sie sehen. Wieso haben Sie sich denn so ausgiebig mit diesem Herrn beschäftigt?«

»Die Akte hat sein Vorgesetzter angefertigt, Kriminaloberrat Becker. Er hat Kreuzeder als gemeingefährlich eingestuft und mich beauftragt, ihn auf seine Diensttauglichkeit zu untersuchen.«

»Von einer außer Landes geschafften Leiche steht hier aber gar nichts drin.«

»Natürlich nicht. Das ist erst vor Kurzem passiert. Aber ich war dabei und hab es selber gesehen.«

»Wieso waren Sie da dabei?«

»Ich hab ihn chauffiert, weil er nicht fahrtüchtig war.«

»Haben Sie den Vorgang irgendwie dokumentiert?«

»Wie denn? Er hatte ja mein Handy. Außerdem war ich sowieso durch den Wind. Vor dem Toten hat es mir gegraust. Der Förster hat dauernd geflucht. Der Hund hat gebellt. Überall waren diese Baumriesen. Und dann noch diese Fliegen! Die haben uns die ganze Zeit belästigt, eine irrsinnige Menge Fliegen!«

Dr. Kopf hob beschwichtigend die Hände.

»Beruhigen Sie sich bitte.«

»Sie glauben mir nicht.«

»Ich glaube Ihnen alles. Aber wenn Sie keinerlei Beweismaterial vorweisen können …«

»Sie schauen mich an, wie wenn Sie mich für verrückt halten. Ich kenne diesen Blick.«

»Keineswegs, aber lassen Sie uns bitte über die Vorgänge sprechen, für die es eine Aktenlage gibt. Kriminaloberrat Becker hat hier eine Menge Fehlzeiten und durchaus erschreckende Disziplinlosigkeiten aufgeführt. Ich werde vielleicht nicht umhinkönnen, eine Rüge auszusprechen.«

»Eine Rüge?«

»Natürlich muss ich Kommissar Kreuzeder vorher Gelegenheit geben, seine Sicht der Dinge darzustellen.«

»Aber der Mann ist doch jenseits von Gut und Böse.«

»Wir werden das prüfen. Was mich mehr beunruhigt, ist diese Mähdreschergeschichte. Das ist doch ziemlich durch die Presse gegangen. Die Leute im Landkreis sind beunruhigt. Wer kümmert sich denn momentan um diesen Fall?«

»Ich weiß nicht. Becker ist in Bad Reichenhall. Klotz ist krank, und Kreuzeder war bis vor Kurzem suspendiert. Er verdächtigt ein Kind.«

»Wie alt ist das Kind?«

»Zehn. Ein Bub.«

»Und gibt es da irgendwelche Beweise oder wenigstens Indizien?«

»Ich fürchte, nein. Aber das Kind ist sowieso strafunmündig. Soweit ich weiß, hat Klotz es inzwischen auch verhört. Oder besser gesagt, befragt. Es ist aber wohl nichts dabei herausgekommen. Ich hab selber erlebt, wie der Bub sich als Käptn Kirk bezeichnet hat. Also man kann das, was er sagt, sowieso nicht für bare Münze nehmen. Es ist eben ein Kind mit einer beträchtlichen Fantasie.«

»Wie ich sehe, sind Sie sehr in die konkrete Ermittlungstätigkeit involviert.«

»Das bringt die Betreuung von Polizisten, die in der Krise sind, so mit sich.«

»Aber letzten Endes müssen wir uns doch alle auf unsere eigentliche Aufgabe besinnen, nicht wahr?«

Er stand auf und streckte freundlich lächelnd seine Hand aus.

»Ich danke Ihnen für Ihren Einsatz, Frau Doktor.«

Sie lief rot an, erhob sich ebenfalls, schüttelte die Hand und sagte ganz automatisch:

»Ich danke Ihnen.«

Auf der Heimfahrt wurde sie das Gefühl nicht los, in Landshut nicht besonders ernst genommen und am Ende gar hinauskomplimentiert worden zu sein. Aber sie war sich wie immer nicht sicher.

31

So einfach, wie er es sich erhofft hatte, wurde Kreuzeder die Leiche aus dem Grenzkammwald nicht los. Es dauerte nicht lange, dann trudelte ein Amtshilfeersuchen der Kriminalpolizei Klattau bei der Passauer Mordkommission ein. Weil der Tote vermutlich ein Deutscher war. Das Einschussloch im Kopf hatte in etwa zu einem Schussloch in der Seitenscheibe eines Autos gepasst, das in Strasruda gefunden worden war. Es war dort auf dem Parkplatz eines Vietnamesenmarktes herumgestanden. Jetzt ging es natürlich darum, die Leiche zu identifizieren. Von den Nummernschildern her war es ein Mann namens Krobel aus Viechtelberg, der Hausmeister des dortigen Gymnasiums. Er war verheiratet. Jemand musste die Frau aufsuchen, befragen und, wenn möglich, nach Klattau bringen. Klotz litt noch immer an seiner Mittelohrentzündung. Vielleicht hatte er aber auch einen Arzt gefunden, der wie Dr. Batzikis einen ganzheitlichen Ansatz vertrat. Jedenfalls war er immer noch krankgeschrieben.

Das Wirtshaus mit dem schönen Namen Kandlbauer hätte Kreuzeder lieber aufgesucht, als das schmucklose Häuschen der Krobels zwei Häuser weiter. Der Rasen davor war kurz geschoren, praktisch wegrasiert.

Entweder war der Mann doch noch da, oder die Frau beugte sich seinen hausmeisterlichen Visionen. Das Gesicht, dem Kreuzeder seinen Dienstausweis entgegenstreckte, sah nach einem Leidensweg aus. Eine attraktive Endvierzigerin, zerrissen zwischen einem Rasenmäheralltag und den Träumen aus Fernsehserien wie *Sturm der Liebe* und Romanen, die von einer Zeit erzählten, als der Adel noch etwas galt.

»Grüß Gott, Kreuzeder. Kriminalpolizei Passau. Sind Sie Frau Krobel?«

»Ja. Wieso?«

»Darf ich ein Momenterl reinkommen?«

»Um was dreht sich's denn?«

»Haben Sie einen Schnaps da?«

»Ja, natürlich. Darf ich noch mal Ihren Ausweis sehen?«

»Bittschön.«

»Da schaun Sie aber anders aus auf dem Bild. Rasiert und frisiert.«

»Das ist schon ein paar Jahre her.«

»Na, dann kommen S' mal weiter.«

Das Wohnzimmer war aufgeräumt und sauber, adrett wie eine Puppenstube. Das weiße Ledersofa stand so, dass der Blick von dort aus auf den riesigen Plasmafernseher auf der Landhauskommode fiel.

»Schön haben Sie's hier.«

»Darf es ein Kirschwasser sein?«

Sie stellte ihm ein Gläschen hin und füllte es.

»Das passt schon. Aber schenken S' sich doch auch ein Glaserl ein.«

»Lieber nicht. Vormittags nie.«

»Ich trink normalerweise auch erst ab Mittag. Aber als Polizeibeamter muss man immer wieder mal auf unangenehme Einsätze. Besonders schlimm ist es, wenn's auch noch regnet oder schneit.«

Er trank den Kirsch mit einem Schluck.

»Na, zum Glück haben wir ja heut einen schönen Tag.«

»Das macht es noch schlimmer. Ich hab mal an einem Sommertag im August zu einer Familie müssen, eine Frau, fünf kleine Kinder … geh, schenken S' mir noch einen ein.«

»Bitte.«

Sie goss das Gläschen wieder voll.

»Fünf Kinder!«

Er kippte den Schnaps runter.

»Haben Sie auch welche?«

»Ich? Den Hubert. Also einen Sohn. Aber der ist in Düsseldorf.«

»Isser schon erwachsen?«

»Dreiundzwanzig.«

»Gott sei Dank.«

»Wieso fragen Sie?«

»Wenn die Kinder erwachsen sind, ist es nicht so schlimm. Bei Kleinkindern auch nicht. Am schlimmsten ist es, wenn die Kinder so zwischen fünf und fünfzehn sind. Das ist schrecklich.«

»Aha.«

»Wann haben Sie denn Ihren Mann zuletzt gesehen?«

»Mei, da fragen S' mich jetzt was …«

»Der ist Hausmeister in der Schule, richtig?«

»Ja, warum?«

»Weil er dort seit Tagen nicht mehr war. Haben Sie ihn denn nicht vermisst?«

»Mei, vermisst direkt nicht. Er ist ja sowieso dauernd unterwegs.«

»Es könnt nämlich sein, dass er erschossen worden ist.«

»Wieso?«

»Sein Auto steht in Strasruda, und im Wald ist ein Toter gefunden worden. Wir müssten jetzt nach Klattau fahren, damit Sie einen Blick drauf werfen können, ob er das ist.«

»Nach Klattau? Brauch ich da meinen Ausweis?«

»Auf jeden Fall.«

»Da muss ich erst schaun, ob ich den find. Langt im Notfall auch der Führerschein?«

»Das geht auch.«

»Wahrscheinlich fahr sowieso besser ich. Sie schauen richtig mitgenommen aus. Und gänzlich nüchtern sind Sie ja auch nicht mehr.«

32

Frau Krobel hatte einen kleinen Skoda, für den sie sich beim Einsteigen mit den Worten »Skoda gehört zu hundert Prozent Vauwee« rechtfertigte. Sie erwies sich als sichere Fahrerin, zügig und akkurat.

»Ich bin froh, dass Sie das so wegstecken. Meistens sind die Angehörigen ziemlich bedient. Manche kriegen einen richtigen Schock. Das ist dann für uns Polizeibeamte immer mit Scherereien verbunden. Ich hab schon Fälle gehabt, da hab ich den Notarzt holen müssen. So ein Geschrei und Gezeter war das.«

»Jetzt schaun wir erst mal, ob er auch wirklich tot ist.«

»Hatte Ihr Mann Feinde?«

»Mei, Feinde ... Die Lehrer mögen ihn alle nicht. Da hat's schon Beschwerden gegeben, beim Direktor. Aber der will sich mit dem Max auch nicht anlegen.«

»Der Direktor? Wieso denn das?«

»Der Max macht sich über alles Notizen. Alles, was passiert. Damit eine Ordnung in die Schule kommt. Früher, wie es den Eisernen Vorhang noch gegeben hat, da ist er mal ins Lehrerzimmer und hat die Lehrer nur angestarrt, ohne dass er was gesagt hat, minutenlang, mit verschränkten Armen, bis alle ruhig waren. Und dann hat er gesagt: Warts nur, bis der Russ kommt, dann müssts allesamt arbeiten.«

»Was hat er denn gelernt?«

»Also Lesen und Schreiben kann er schon, wenn auch sehr holprig.«

»Und sonst?«

»Gelernt in dem Sinn hat er nichts. Aber er war bei der Bundeswehr. Da hat er das Saufen gelernt.«

Bei einem Kopfschuss muss der Gerichtsmediziner den Schädel aufsägen und das Gehirn herausnehmen. Das muss er dann aufschneiden, um den Schusskanal freizulegen und die Kugel rauszupflücken. Die einzelnen Gehirnteile kommen hernach in eine Formalinlösung. Der Schädel wird mit Zeitungspapier ausgestopft und wieder zusammengeklebt. Es war also eine Frankensteinfassung ihres Mannes, die die Frau Krobel in Klattau zu sehen bekam.

»Was ist denn da passiert?«

Kreuzeders tschechischer Kollege, der sich als »Herr Wacek« vorgestellt hatte, nahm pietätvoll seinen Kaugummi aus dem Mund und wickelte ihn in ein Papiertaschentuch.

»Stören Sie sich nicht an diese Dinge. Für uns ist wichtig: Ist dieser Mann Max Krobel?«

»Also, wenn Sie mich fragen, das könnt er direkt sein.«

»Wir müssen sicher wissen.«

»Da müssen S' unter das Tuch schaun. Der Max hat nämlich eine Faust eintätowiert, auf der Brust.«

»Dann ist er das.«

Kreuzeder lupfte das Plastiktuch ein wenig und warf einen Blick auf das Kunstwerk.

»Hat das irgendeine Bedeutung?«

»Er war halt ein Angeber. Außerdem hat er einen Hass auf die Studierten geschoben. Wenn einer schlau dahergeredet hat, hat er gesagt: Willst meinen Goethe sehen? Und dann hat er das Hemd aufgeknöpft. Und wenn es Streit gegeben hat, sowieso.«

Der Tote wurde wieder vollständig zugedeckt, und sie verließen ihn und den Gestank nach Desinfektionsmitteln, von denen mehr aufgewandt werden musste, seit der Raum aus Energiespargründen nicht mehr gekühlt wurde. Die frischgebackene Witwe wirkte so unbeeindruckt, dass Wacek seine Befragung gleich fortsetzte, als sie in seinem Büro angekommen waren.

»Wissen Sie, was er in Tschechien gemacht hat?«

»Keine Ahnung. Was soll er schon gemacht haben? Ins Puff wird er sein.«

»Hat er Geschäfte gemacht mit Vietnamesen? Zigaretten zum Beispiel?«

»Pullover hat er sich von denen gekauft. Und Hemden. Alles mit Aufnäher Boss natürlich. Aber das ist ja alles gefälscht. Ich hab ihm immer gesagt, das ist schlechte Qualität, aber das war ihm wurscht. Hauptsache Boss. Er war halt ein Einfaltspinsel.«

»Vielen Dank, Frau Krobel. Sie haben uns viel geholfen. Haben Sie Hunger? Möchten Sie essen?«

»Nein, danke.«

»Kaffee?«

»Einen Kaffee vielleicht.«

»Meine Sekretärin wird Ihnen machen. Wenn Sie was brauchen, Zigaretten, Becherovka, sagen Sie meiner Sekretärin. Ich muss noch kurz sprechen mit dem Herrn Kommissar. Sie haben doch noch Zeit, Herr Kollege?«

»Kommt ganz drauf an.«

»Hier gibt es Wirtshaus mit beste böhmische Küche. Ich verspreche nicht zu viel.«

»Wie schaut's mit Budweiser aus?«

»Budweiser vom Fass. Auch Pilsener vom Fass. Alles vom Fass.«

»Das klingt schon mal gut.«

Kreuzeder hatte inzwischen keinen Zweifel mehr daran, dass die Tschechen die Leiche über die Grenze geschafft hatten, um sie der deutschen Polizei vor die Haustür zu legen. Das roch nach einem heißen Tanz, bei dem man statt eines Smokings eine schusssichere Weste brauchte. Bei so was hielt sich jeder vernünftige Mensch lieber raus.

Der Klattauer Kollege gab sich alle Mühe, eine gute Stimmung zu erzeugen. Er hatte ein Wirtshaus ausgesucht, bei dem die Bedienung leere Gläser sofort ersetzte. Sie war ständig unterwegs.

»Na zdravi!«

»Prost. Ihr Tschechen macht das beste Bier der Welt. Ihr seids mir sympathisch.«

»Wir haben gutes Bier. Ihr gute Polizei.«

»Nix da. Ich kann da auch nichts tun. Ich bin auch gar nicht zuständig.«

»Wir tun alles. Aber es ist schwer.«

»Das Auto ist doch bei einem Vietnamesenmarkt gefunden worden. Was sagen denn die Genossen?«

»Hat niemand was gehört.«

»Keinen Schuss?«

»Kann sein Schalldämpfer.«

»Sieht alles verdammt nach Profi aus. Ist die Kugel schon untersucht?«

»Ist von Sturmgewehr.«

»Marke?«

»Kalaschnikow.«

»Kalaschnikows gibt's viele.«

»AK-Siebenvierzig.«

»Auweia. Die UCK hat diese Dinger gehabt. Die Rebellenarmee von den Albanern im Kosovo.«

»Hab ich gelesen diese Schreiben von Europol. Aber bei uns sind die Albaner in Prag und in Pilsen. Vielleicht noch Cheb.«

»Bei uns sitzen sie in Frankfurt und Berlin. Aber sie reisen. Wenn sie einen Auftrag kriegen, reisen sie.«

»Ich schicke Ihnen alles, Untersuchung von Kugel, Untersuchung von Herr Krobel, auch was Vietnamesen sagen …«

»Das braucht's gar nicht. Ich bin froh, dass ich da nicht zuständig bin.«

Endlich wurde das Essen serviert. Beide hatten Rostbraten bestellt. Dazu gab es die guten böhmischen Knödel, die mit ihrem luftigen Teig besonders viel Soße aufsaugen konnten.

»Fahren Sie Ski?«

»Selten.«

»Ich fahre. Aber Tageskarte an Arber kostet siebenundzwanzig Euro. Die Frau möchte auch Lift fahren, noch mal siebenundzwanzig. Der Sohn ist noch klein. Tageskarte Kind einundzwanzig Euro. Dann Essen, auch Trinken, dann Benzin. Sind jedes Mal hundertzwanzig Euro. Fahre ich dreimal Skifahren sind schon dreihundertsechzig Euro weg. Aber ich sage immer: Leben geht weiter.«

»Was verdienen Sie denn im Monat?«

»Zwanzigtausend Kronen. Sind achthundertdreißig Euro.«

»Dafür würd ich auch nicht den Kopf hinhalten.«

»Ich halte einen Finger hin. Mittlere Finger.«

»Na zdraví!«

»Na zdraví!«

33

Das gute Essen und die geistigen Getränke machten den bayerischen Gast müde. Auf der Heimfahrt schlief er rasch ein. Frau Krobel tupfte ihm erst auf die Schulter, nachdem sie ihren Skoda im Carport geparkt hatte.

»Herr Kommissar …«

Sie kriegte ihn zunächst nur halb wach.

»Lass mir meine Ruh, Gerda.«

»Ich bin nicht die Gerda.«

»Was?«

»Wir sind jetzt wieder in Viechtelberg. Wir waren in Klattau. Ich bin die Frau von dem Mann, der erschossen worden ist.«

»Ach so. Stimmt. Frau Krobel, gell? Entschuldigen S'schon.«

»Möchten S' noch mit reinkommen? Ich mach Ihnen einen Kaffee.«

»Danke. Ich muss noch nach Passau.«

»So können sich sowieso nicht ans Steuer setzen.«

»Das geht schon.«

»Wie Sie meinen, Herr Kommissar.«

»Aber was ich Sie noch fragen wollt … wie sind Sie denn an diesen Mann geraten?«

»Wieso?«

»Ich hab ihn ja nicht persönlich gekannt. Aber so wie Sie ihn geschildert haben, wundert mich das schon.«

»Mich auch.«

»Ich hab das schon öfters beobachtet, dass eine Frau, die überhaupt nicht dumpf ist und auch gar nicht sonderlich hässlich …«

»Danke. Sehr nett.«

»Doch, das mein ich ehrlich. Sogar fesch in gewissem Sinne … das war doch ein Grobian, so ist es doch. Und Ihnen geistig unterlegen, oder vielleicht nicht? Wie kann so was passieren?«

»Die Frauenbewegung hat die Männer kaputt gemacht. Wenn ein Mann zu mir Tschüssikofski sagt oder »Ich versteh genau, was du meinst«, dann friert's mich schon. Übrig geblieben sind nur ein paar Deppen.«

»Sie wünschen sich einen Märchenprinz.«

»Nein.«

»Doch. Ein Märchenprinz muss es sein.«

»Jetzt aber raus aus meinem Auto.«

Kreuzeder stieg aus, Frau Krobel auch.

»Für die Fahrt kriegen S' übrigens eine Erstattung. Schreiben S' die Kilometer auf und schicken S' die Abrechnung ans Morddezernat Passau.«

»Was muss ich als Betreff draufschreiben?«

»Mordfall Krobel. Identifizierung der Leiche.«

Sie fing plötzlich an zu weinen.

»Das tut mir jetzt aber leid. Soll ich einen Notarzt rufen?«

»Nein, danke. Ich derfang mich schon wieder.«

Sie schluchzte heftig und drehte sich weg. Er wartete auf der anderen Seite des Autos. Das war oft so, dass die Reaktion erst Stunden später kam. Eine Weile war für die Betroffenen alles unwirklich. Sie fühlten sich wie in einem Film und reagierten mechanisch. Meistens sauste in solchen Fällen der Hammer erst nieder, wenn sie allein waren. Frau Krobel kämpfte. Kreuzeder wartete. Er schwieg, bis er eine dünne Stimme fragen hörte:

»Wer kann denn so was getan haben?«

»Da müssen wir die Ermittlungen abwarten. Aber ich hab großes Vertrauen in die tschechischen Kollegen.«

34

Zweimal war der Holznerhof vergeblich zur Zwangsversteigerung angesetzt worden. Es hatte sich kein Bieter gefunden. Die Mähdrescherattentate schreckten alle ab, solange es hieß: Nichts Gewisses weiß man nicht. Bei der dritten Versteigerung waren die Wertgrenzen gefallen, und diesmal saß außer dem Sparkassenangestellten Fuchs, der als Vertreter des Gläubigers anwesend war, und zwei Rentnern, die fast immer als Zuschauer da waren, dem Vollstreckungsbeamten im Passauer Amtsgericht noch ein vierter Mann gegenüber. Er bot kurz vor dem Ende der Bieterstunde zwanzigtausend Euro. Das war für ein stolzes Anwesen wie den Holznerhof ein lächerlicher Betrag, vor allem, wenn man bedenkt, dass er ihn dafür schuldenfrei bekommen würde. Aber so ist es nun mal bei Zwangsversteigerungen. Wenn der Teufel es will, kann so ziemlich alles passieren.

Nachdem er ihm den Zuschlag erteilt hatte, fragte ihn der Beamte:

»Und? Was machen S' jetzt mit dem Hof? Wollen S' Viecher auch halten?«

»Nur, was mir schmeckt.«

Der Herr Fuchs von der Sparkasse machte seinem Ärger Luft und schimpfte:

»Wenn Sie einmal Geld brauchen, weil Sie keins mehr haben, dann kriegen Sie von uns bestimmt keins, Herr Kommissar.«

Doch da konnte Kreuzeder nur lächeln.

35

Kreuzeder hatte gehofft, dass er mit dem Toten im Wald nicht mehr behelligt werden würde. Eine AK-Siebenundvierzig mit Schalldämpfer. Ein Einschussloch. Die Handschrift war eindeutig. Wenn die Albaner im Spiel waren, war höchste Zurückhaltung angebracht. Aus der einstigen Rebellenarmee, die die Serben aus dem Kosovo rausgeschossen hatte, war ein wilder Haufen aus Profikillern und Organhändlern geworden, die mit anderen Mafiatruppen Monopoly um die Herrschaft über die Bordelle, den Frauenhandel und den Rauschgiftmarkt spielten. Ein Monopoly, bei dem die Figuren nicht mit Würfeln, sondern mit Kalaschnikows rausgekegelt wurden. Auch in der Grenzregion waren bereits Sonderermittler aus Den Haag und Brüssel aufgetaucht, die sich die Zähne ausgebissen hatten. Die Zeugen starben weg wie die Fliegen.

Es war immer das Gleiche. Schon im Mittelalter waren aus Landsknechten Räuberbanden geworden, wenn der Krieg aus war. Nur heute wurden sie von sogenannten Eliteeinheiten zu Heckenschützen und Terrorkommandos ausgebildet. Das waren Strategien der großen Politik, aber was die hinterher machten, danach fragte keiner. Auch mit Al Kaida war es nicht viel anders. Die waren von den Amerikanern aufgepäppelt worden, um die Russen aus Afghanistan rauszuschmeißen. Und dann? Solche Leute entwickeln doch einen Tatendurst. Als kleiner Polizist konnte man eigentlich nur aufpassen, dass man nicht aus Versehen ins Fadenkreuz von einem ihrer Zielfernrohre geriet.

Offenbar dachten aber die tschechischen Kollegen genauso. Es ist nämlich wieder ein Schreiben der Klattauer Kripo in Passau eingetrudelt, in dem höflichst um Amtshilfe ersucht wurde. Angeblich sei ein Feuerzeug mit Fingerabdrücken des Opfers auf der bayerischen Seite gefunden worden. Diverse Spuren im Waldboden würden zudem darauf hinweisen, dass der Tote zumindest zeitweise in Bayern gelegen hätte. Eine Frechheit.

Kreuzeder fuhr gar nicht erst nach Klattau, sondern gleich nach Strasruda, wo der Mord passiert war. Er kannte ja den Chef der dortigen Dorfpolizei schon als einen überqualifizierten Staatsdiener und hatte keinen Zweifel daran, dass er der Bruder im Geiste war, der die Leiche loswerden wollte. Obwohl schönes Wetter war, traf er Major Cemcik in seinem Büro an und machte seinem Ärger sofort Luft.

»Ich werde hier andauernd in einen Fall reingezogen, der mich überhaupt nicht interessiert.«

Der Major setzte eine bekümmerte Miene auf.

»Der Tote im Wald?«

»Ich will mich nicht in eure Angelegenheiten einmischen. Ich will damit nichts zu tun haben.«

»Möchten Sie einen Schnaps? Becherovka?«

»Nein, danke.«

»Zigarre? Zigarette?«

»Auch nicht. Ich will keinen Streit. Aber der ist doch hier in Strasruda auf einem Parkplatz erschossen worden. Wer hat denn den überhaupt in den Wald geschafft? Glauben Sie vielleicht, ich weiß das nicht?«

»Angeln Sie?«

»Für Tschechien hab ich keinen Angelschein.«

»Wenn Sie mit mir sind, brauchen Sie keinen.«

Sie fuhren dann tatsächlich an die Kremelna zum Angeln. Der Major fühlte sich in seinem Büro oft nicht wohl. Als früherer Geheimdienstoffizier, der immer noch fleißig Wanzen installierte, hegte er den dringenden Verdacht, dass er selber auch abgehört wurde. Sein Handy ließ er vorsichtshalber auf dem Schreibtisch zurück.

Die Sonne hatte viele Angelfreunde am Sinn einer stumpfsinnigen Arbeit im Büro oder in der Fabrik zweifeln lassen. Die beiden mussten noch ein ganzes Stück am Ufer entlangwandern, bis sie ungestört waren. Cemcik hatte mehrere Angelruten und eine große Auswahl an Blinkern dabei, aber Kreuzeder fehlte die innere Ruhe.

»Ich will mit solchen Sachen nichts zu tun haben. Das war doch ein Auftragsmord von den Albanern. Ihr könnt euch euer Amtshilfeersuchen sonst wohin schmieren.«

»Was sollen wir denn machen? Die haben Training von Delta Force. Wir haben keine Training von

Delta Force. Das sind Killermaschinen. Und was sind wir?«

»Ich kann da erst recht nichts machen. Soll ich jetzt irgendwelche Albaner in Pilsen verhören, oder was? Was sprechen die überhaupt, außer Albanisch?«

»Serbisch.«

»Ich kann kein Serbisch. Außerdem reden die doch sowieso nicht. Die sind jahrelang im Gebüsch gelegen und haben rumgeballert. Die haben einen Adrenalinspiegel wie Kampfhunde.«

»Die Kollegen aus Prag haben fünfzig Leichen aus dem Orliksee gefischt. Zum Glück fast alles Russen. Solang sie auf Russen schießen, kein Problem. Aber es waren auch andere, acht oder zehn. Davon zwei Polizisten. Die Preise sind schlecht.

Tausend Euro, aber wenn sie nicht kriegen, auch für fünfhundert. Ich werd in drei Jahren pensioniert. Kollege Wacek hat Familie. Was sollen wir machen?«

»Was soll ich machen? Sie kennen doch die Berichte von Europol. Diese Kerle treten nie in Erscheinung. Die holen sich irgendwo einen Umschlag ab, mit dem Foto und der Adresse der Zielscheibe, samt Geld. Die arbeiten wie ein Geheimdienst, Herr Major.«

»Wir vermuten Kontaktstelle ist Nachtklub in Pilsen. Kann auch sein Cheb. Kunden im Bordell sind meiste Deutsche. Tschechischer Mensch würde auffallen.«

»Ich fahr da nirgends hin.«

Der Major fing einen Saibling und schlug vor, ihn zu grillen. Was zur Verdauung nötig war, hatte er aus seinem Büro mitgenommen, auch die Gläser. Aber Kreuzeder wollte noch in den Gentlemen Club. Dort war zwar nachmittags nichts los. Zwei müde Frauen lungerten in den Sesseln rum und sahen nicht mal auf, als er sich auf einen Barhocker klemmte. Aber das Vorstrafenregister des Barkeepers hatte ihn hoffnungsfroh gestimmt, dass der sich in der Geschäftswelt des Grenzlands auskennen würde. Das Gefängnis war schon immer die Informationsbörse der Halbwelt, in der wichtige Kontakte geknüpft wurden. Der Kamerad aus Krems war auf Draht. Er erinnerte sich sofort an ihn und stellte ihm gleich unaufgefordert einen Whisky hin.

»Der geht aufs Haus.«

»Danke. Wie läuft's Geschäft?«

»Schlecht. Schaun S' sich doch um. Die schönen Frauen gehen alle nach München, Wien oder Amsterdam, und uns bleibt hier der Schrott.«

»Also die da sitzen, sehen doch ganz passabel aus.«

»Weil's dunkel ist. Ich hab die Birnen auswechseln müssen. Jetzt hab ich lauter Energiesparlampen. Alles nach Vorschrift. Das Gesetz ist mir heilig.«

»Natürlich.«

Kreuzeder legte ein Bild von Krobel auf die Theke.

»Kennen Sie den hier?«

»Der ist sogar in der Zeitung gewesen. Aber die haben ein besseres Foto gehabt.«

»War der schon mal hier drin?«

»Kann sein, kann auch nicht sein. Spielt das denn eine Rolle?«

»Vielleicht.«

»Also falls er mal hier war, hat er sich nicht danebenbenommen. Sonst würd ich mich an ihn erinnern. Sie hab ich sofort wiedererkannt.«

»Wir haben in Bayern ein Gesetz, wonach Freier, die es mit Zwangsprostituierten treiben, bestraft werden können.«

»Ich kenn keine Zwangsprostituierten. Was soll das sein? Hier arbeiten nur Frauen, die ihrer natürlichen Bestimmung folgen.«

»Ich könnte eine Befragung starten. Ich könnte mir alle ihre Gäste vorknöpfen. Heute, morgen, übermorgen.«

»Wir sind hier in Tschechien.«

»Ich hab ein Amtshilfeersuchen in der Tasche. Damit kann ich mich hier festsetzen, bis niemand mehr Ihre Energiesparlampen bewundert.«

»Was wollen Sie überhaupt von mir?«

»Ich will wissen, wem der Krobel in Strasruda in die Quere gekommen ist.«

»Fragen Sie doch unsere Polizei. Die wissen immer alles.«

»Die haben aber Angst.«

»Wer hat das nicht?«

»Sie zum Beispiel. Sie sind kein Beamter und Sie leben auch nicht von achthundertdreißig Euro im Monat wie Ihre Freunde im Revier.«

»Achthundertdreißig? Sagen wir mal, das ist das Grundgehalt.«

»Wie viel legen Sie noch drauf?«

»Gar nichts. Dieser Klub gehört mir nicht mehr, Herr Kommissar. Ich hab verkauft und bin nur noch Geschäftsführer.«

»Freiwillig?«

»Sagen wir mal, an jemand, der nicht diskutieren wollte.«

»Wieso sind sie dann überhaupt noch hier?«

»Hier hab ich ein Dach über dem Kopf.«

Kreuzeder wusste natürlich, dass mit diesem Ausdruck die russische Mafia gemeint war. Selbst in Branchen wie dem Handel mit Buntmetallen war ein Dach hilfreich. Dabei ging es nicht nur um Schutzgeld. Ohne ein Dach legten sich in Tschechien die Behörden schnell mal quer.

»Haben die Vietnamesen auch ein Dach über dem Kopf?«

»Wer weiß das schon?«

»Kommen hier keine her?«

»Manchmal. Die kriegen ja vierzig Prozent Rabatt. Gruppenermäßigung. Außerdem brauchen sie weniger Zeit. Das hat sich so rauskristallisiert.«

»Gibt's auch Kunden, die nach was anderem fragen?«

»Fragen schon. Aber Drogen gibt's bei mir nicht. Und Waffen auch keine. Auf so was lass ich mich gar nicht erst ein. Ich leg mich doch nicht mit der Justiz an.«

»Und dass einer einen Vertrag machen will für einen Umzug?«

»Da fällt bei mir der Vorhang.«

»Sie haben aber doch Verbindungen zu den Russen.«

»Die Russen sind an Umzügen nicht mehr sonderlich interessiert. Die Albaner haben die Preise kaputt gemacht. Für einen Tausender macht nicht mal ein Weißrusse oder ein Ukrainer den Finger krumm.«

»Wie kommt man denn an die Albaner ran?«

»Was fragen S' da mich? Ich mach einen Bogen um die. Die Albaner und die Russen vertragen sich nicht besonders.«

»Aber Anfragen kriegen Sie?«

»Natürlich. Was glauben Sie, was da für Clowns daherkommen. Seit sich das rumgesprochen hat, dass ein Hit hier nur mehr einen Tausender kostet, hab ich an der Bar die reinste Klagemauer. Auf diesem Hocker, den Sie jetzt bevölkern, ist mal einer gesessen, dem hat die laute Musik von seinem Nachbarn gestunken. ›Ich kann das Gedudel nicht mehr hören‹, hat er gesagt, ›mir ist jetzt alles wurscht. Ich will, dass eine Ruh ist, und dafür lass ich auch einen Tausender springen.‹ So sind die Menschen, Herr Kommissar. Ich hab ihm natürlich gesagt, dass er seinen Rausch ausschlafen soll. Das sag ich allen, die mit so was daherkommen.«

36

In ihrem ersten, inzwischen dem Reißwolf anvertrauten Gutachten hatte Frau Dr. März die Ansicht vertreten, die Arbeitsvermeidung von Kommissar Kreuzeder sei im Grunde eine Strategie zur Stressabwehr. Nun zog sich sowohl die Kur des Dezernatsleiters als auch die Erkrankung des Kollegen Klotz ungewöhnlich lange hin. Da drängte sich natürlich der Verdacht auf, die beiden hätten aus den Erkenntnissen der Psychologin Rückschlüsse für ihren eigenen Berufsalltag gezogen.

Das Vorbild in der Kunst der Stressvermeidung sah sich indessen durch die Abwesenheit der beiden gezwungen, öfters als ihm lieb war, seine Dienststätte aufzusuchen. Aber er wusste es sich dort schon zu richten. Es war immer ein Kasten Weißbier im Morddezernat. Seitdem er spitzgekriegt hatte, dass die März sich mit der asiatischen Geistestradition beschäftigte, sprach er oft vom Meditieren. »Man muss auf den Grund schauen«, war seine Rede. Damit war freilich der Grund des Weißbierglases gemeint. Den sieht man schließlich erst, nachdem man das Glas geleert hat. In diesem Sinne hatte er schon zwei oder drei Meditationsrunden hinter sich, als die März ihn im Dezernat aufsuchte. Auf seinem Schreibtisch stand ein Fernsehapparat, darin war eine Faschingssendung zu sehen. Dabei war es Hochsommer. Es war alles sehr merkwürdig. Ein Büttenredner war zugange, dessen Humor den Geist des Privatfernsehens atmete:

»Immer wenn der Ferdl ins Schlafzimmer gekommen ist, hat seine Frau schon im Ehebett gewartet. Aber Ferdl hat sich gedacht, der schönste Körper hier drinnen ist doch der Heizkörper ...«

Ein Riesengelächter folgte auf diesen Witz, und die Kapelle spielte einen Tusch.

»Bei seiner Frau hat der Ferdl keinen mehr hochgekriegt, da hat er im Stall die Schafe ...«

Der Rest des Satzes ging im Gewieher und Gejohle des Publikums unter. Ein dreifacher Tusch belohnte den Verseschmied für seine Dichtkunst. Die März schaltete das Gerät aus.

»Was ist denn das?«

»Fasching.«

»Mitten im August?«

»Das ist ein Video.«

»Und so was schauen Sie sich an? Ich finde das höchst besorgniserregend.«

»Es heißt immer, dass die Leut sich im Fasching maskieren. Dabei ist das Gegenteil der Fall. Warum haben S' denn ausgeschaltet?«

»Weil ich mit Ihnen reden muss. Ich kann das alles nicht auf sich beruhen lassen. Sie verdächtigen ein Kind. Sie haben eine Leiche verschwinden lassen und zuletzt haben Sie, wie ich höre, einen Bauernhof ersteigert.«

»Das ist doch nicht verboten. Schon Tagore hat gesagt: Dumme rennen, Kluge warten, Weise gehen in den Garten.«

»Es war aber der Mähdrescherhof. In meinen Augen ist das eine besonders perfide Vorteilsnahme im Amt. Sie haben die Ermittlungen verschleppt, damit andere Interessenten durch die ungeklärten Mordtaten abgeschreckt werden.«

»Ich war vom Dienst suspendiert.«

»Ich bin inzwischen geneigt zu glauben, dass Sie das gezielt provoziert haben. Ihre ganze Sauferei ist letzten Endes eine Tarnung.«

»Jetzt tun Sie aber dem guten Weißbier unrecht.«

Er schaltete den Fernseher wieder ein. Der Büttenredner war zur Hochform aufgelaufen und musste bereits selbst über seine Witze lachen.

»Kommt der Ferdl ins Schlafzimmer mit einem Schaf unterm Arm und sagt zu seiner Frau: Mit dieser Ziege hab ich dich jahrelang betrogen ...«

Die März zog erbost den Stecker aus der Dose.

»Herr Kommissar Kreuzeder. Wie Sie wissen, habe ich eine Dienstaufsichtsbeschwerde gegen Sie angestrengt. Aber wenn Sie aus dem Morddezernat eine Bumskneipe machen, dann sehe ich mich zu anderen Maßnahmen gezwungen. Dann wird es Zeit, ein ordentliches Gericht zu bemühen oder über eine Einweisung in eine Fachklinik nachzudenken.«

»Haben Sie denn den Büttenredner nicht wiedererkannt?«

»Wieso?«

»Er war natürlich ziemlich blass, wie Sie ihn im Wald gesehen haben. Und auch ein bisserl verdeckt durch die vielen Fliegen.«

»Das ist doch nicht etwa …«

»Doch. Das war er.«

37

Wieder lachte Kreuzeder das Wirtshaus an, als er schweren Herzens daran vorbeifuhr und vor dem Haus hielt, das nun der Witwe Krobel allein gehörte. Der Rasen war jetzt nicht mehr so erbärmlich kurz geschnitten, sodass sich bereits ein paar Blümlein zwischen das Grün gewagt hatten. Er musste mehrmals klingeln. Es dauerte, bis sie die Tür öffnete.

»Grüß Gott, Herr Kommissar.«

»Grüß Gott, Frau Krobel.«

»Ich kann Sie leider nicht hereinbitten, weil ich hab Besuch.«

»Ich schau, dass ich's kurz mach. Ich hab nur ein paar Fragen. Waren Sie eigentlich auf der Prunksitzung der Viechtelberger Narren? Wo Ihr Mann eine Büttenrede gehalten hat?«

»Nein.«

»Aber das Video kennen Sie?

»Welches Video?«

»Die Viechtelberger Narren haben ein Video davon gemacht.«

»Von mir aus.«

»Ihr Mann hat mehrere Narben auf dem Kopf. Mit wem hat er denn da gerauft?«

»Ach, das ist ja schon Jahre her.«

»Können S' sich trotzdem noch erinnern?«

»Das ist außerdem alles geklärt, weil da hat es eine Gerichtsverhandlung gegeben.«

»Um was ist es dabei gegangen?«

»Um Körperverletzung.«

»Na, dann gibt es bestimmt Gerichtsakten. Ist das in Deggendorf verhandelt worden?«

»Soviel ich weiß. Aber da brauchen S' gar nicht nachschauen. Da hat es einen Freispruch gegeben, weil Aussage gegen Aussage gestanden ist.«

»Ich lass mir mal die Akten schicken.«

»Das können S' sich sparen. Das war doch alles lächerlich. Der Max hat im Kirchenchor gesungen. Haben S' das gewusst?«

»Nein.«

»Also die haben eine Probe gehabt, im Grünen Baum, der Kirchenchor. Das Fenster ist offen gestanden, sodass man sie auf der Straße singen gehört hat. Dann ist der Kandlbauer vorbeigegangen, sieht den Max, klettert durch das offene Fenster, stürzt sich auf ihn drauf und fängt sofort zu raufen an.«

»Vor dem Chor?«

»Vor dem Chor.«

»Aber Sie haben gesagt, da ist Aussage gegen Aussage gestanden?«

»Weil sich vor Gericht natürlich niemand an irgendwas hat erinnern können. Alle haben ausgesagt, dass sie nichts gesehen haben.«

»Ist der Kandlbauer denn so beliebt?«

»Beliebt und gefürchtet. Er ist ja Metzger. Aber ich

muss mich jetzt wirklich um meinen Besuch kümmern.«

»Ja, natürlich. Aber einen Grund muss er doch gehabt haben, dass er mit Ihrem Mann gerauft hat.«

»Das war wegen nichts. Genau genommen ist es nur um eine Genehmigung gegangen. Der Kandlbauer wollt ein Wirtshaus bauen und dafür hat er die Zustimmung von den Nachbarn gebraucht. Aber der Max hat gesagt, er braucht kein Wirtshaus neben dem Haus. Das hat den Kandlbauer erbost.«

»Moment. Da ist doch ein Wirtshaus neben Ihrem Haus …«

»Ja, aber da ist jetzt ein kleines Häusl dazwischen. Das hat der Kandlbauer hingestellt, damit er praktisch sein eigener Nachbar ist. Das war dann schon später.«

»Das ist schlau. Und Ihr Mann hat sich das bieten lassen?«

»Was sollt er denn machen? Er hat ja gar nichts dagegen tun können. Jetzt muss ich aber wirklich.«

»Danke jedenfalls.«

Nun ließ sich ein Wirtshausbesuch nicht mehr vermeiden. Die Gaststube war bis auf zwei Meter Höhe mit Lärchenholz ausgekleidet. Ein großer grüner Kachelofen versprach, dass es hier auch im Winter gemütlich sein würde. Zwischen den Hirschgeweihen an den Wänden prangten große, gedrechselte Hörner von Nubukrindern und kleine Antilopenspieße, die von der internationalen Reichweite des Wirts kündeten, also dass er auch in Afrika auf die Jagd ging. In Bayern haben die Metzger noch nie sparen müssen.

Kreuzeder hatte die Bedienung, als sie ihm sein Weißbier und seinen Obstler servierte, gefragt, ob der Kandlbauer zu sprechen sei, und alsbald kam der tatsächlich daher, mit einer blutigen weißen Gummischürze über dem blau gestreiften Kittel. Er war mittelgroß und gedrungen, hatte keinen Hals und die rosige Gesichtsfarbe der Metzgerinnung.

»Sind Sie das, der mich sprechen wollt?«

»Schlachten Sie noch selber, Herr Kandlbauer?«

»Sowieso.«

»Haben Sie das mitbekommen, dass Ihr Nachbar nicht mehr unter uns weilt?«

»Ist ja sogar schon in der Zeitung gestanden.«

»Wie haben Sie sich denn mit ihm vertragen?«

»Sind Sie von der Polizei?«

»Kripo Passau.«

»Überhaupt nicht hab ich mich mit ihm vertragen. Weil er ein blöder Hund war.«

»Warum?«

»Sie haben doch sogar mal mit ihm gerauft?«

»Da weiß ich nichts.«

»Es hat sogar eine Gerichtsverhandlung gegeben.«

»Da ist nichts dabei rausgekommen. Um was geht es denn? Glauben Sie, ich hätt mit seinem Tod was zu tun?«

»Wir prüfen alle Möglichkeiten.«

»Mich hat der Kerl überhaupt nicht mehr interessiert. Das war eher umgekehrt. Der hat zu mir mal gesagt, das kostet ihn fünfhundert Euro und ich bin nur mehr als Dünger zu gebrauchen.«

»Fünfhundert? Haben Sie da Zeugen?«

»Zeugen nicht in dem Sinn. Seine Frau war halt dabei. Aber das zählt nicht. Die hätt ihn bestimmt nicht hingehängt.«

38

Diesmal dauerte es noch länger, bis die Witwe Krobel öffnete. Sie sah ein bisserl zerzaust aus, und ihre Bluse war falsch geknöpft.

»Ich hab Ihnen doch gesagt, dass ich Besuch hab.«

»Das macht nichts.«

»Mir schon. Kommen S' ein andermal wieder.«

»Ich kann Sie auch verhaften. So ist es nicht.«

»Sie können gar nichts. Haben S' einen Haftbefehl?«

»Den brauch ich erst mal gar nicht. Den kann ich mir immer noch besorgen.«

Hinter der Witwe tauchte ein in die Jahre gekommenes Bademeistergesicht auf, braun gebrannt, mit einer Allwetterfröhlichkeit gesegnet.

»Was ist denn los?«

»Gar nichts. Der Herr ist von der Polizei. Es geht immer noch um den Max.«

Kreuzeder musterte den gut gelaunten Besucher.

»Grüß Gott, Herr …«

»Borghammer.«

»Sie kennen sich schon länger?«

»Das ist doch nicht verboten, oder?«

»Nein, es ist nur interessant.«

»Wieso? Sind Sie vom Kirchenrat?«

»Für uns ist es immer wichtig, wem der Herr Krobel im Weg gewesen sein könnt.«

»Mir jedenfalls nicht. Der war doch sowieso nie daheim.«

»Aber wenn er da war, hat er seine Frau schlecht behandelt.«

»Ich würd sagen, er hat sie überhaupt nicht mehr behandelt, oder, Resi?«

Er garnierte diesen Satz mit seinem Bademeisterlachen. Die Witwe pflichtete ihm bei.

»Von dem her kann man das schon so sagen. Er hat sich sein Vergnügen im Puff gesucht. Das war allgemein bekannt. Er hat ja sogar in der Bäckerei damit geprahlt.«

Borghammer grinste schelmisch.

»Außerdem hab ich sowieso nur in der Mittagspause Zeit, und da war er nie zu Hause.«

»Wieso nur in der Mittagspause?«

»Weil ich verheiratet bin, wenn S' es genau wissen wollen. Jetzt muss ich aber gehen. Pfiat de, Resi.«

Er tätschelte der Krobel den Rücken und machte sich mit federnden Schritten davon. Sie rief ihm hinterher:

»Geh, bleib doch noch, Norbert. Der Herr Kommissar ist sicher gleich fertig.«

Der fröhliche Geselle drehte sich noch mal um.

»Mit der Polizei will ich nichts zu tun haben. Ich bin trinkfest und arbeitsscheu, aber der Kirche treu. Bei mir ist alles in Ordnung. Adios und Servus bis morgen.«

Sein Lachen war aufgesetzt, und seine Schritte wurden jetzt schneller. Der Kommissar hielt sich an die Witwe.

»Was ist der denn von Beruf?«

»Der Norbert ist im Fremdenverkehrsamt. Aber jetzt haben S' ihn mir verjagt.«

»Dann können S' mich ja reinlassen.«

»Ungern.«

Sie stellte sich so in die Tür, dass kein Zweifel aufkommen konnte.

»Ich hab mich ein bisserl mit Ihrem Nachbarn unterhalten.«

»Ah, ja?«

»Ihr Mann hat das nie verwunden, dass der Kandlbauer am Ende doch sein Wirtshaus gebaut hat.«

»Der Max war ein Streithansl.«

»Allerdings. Außerdem war er dauernd drüben bei die Tschechen. Und da hat er bald spitzgekriegt, dass es dort ganz billige Auftragsmörder gibt.«

»Meinen S'?«

»Das haben Sie doch gewusst.«

»Ich?«

»Sie waren doch dabei, wie er dem Kandlbauer verkündet hat, dass es ihn nur fünfhundert Euro kostet, wenn er ihn verräumen lässt.«

»Da kann ich mich gar nicht mehr erinnern.«

»Das hab ich mir gedacht.«

»Aber das kann gut sein. Der Max war immer schon ein Schnäppchenjäger.«

»Frau Krobel, Sie sind Ihrem Exmann an Intelligenz überlegen. Offensichtlich haben Sie es eine Weile genossen, einen solch rabiaten Gesellen an Ihrer Seite zu haben. Aber irgendwann war er Ihnen dann doch lästig.«

»Zuletzt hat er mich doch in Ruh gelassen.«

»Da ist schon alles auf eine Scheidung zugelaufen. Und Sie haben sich das doch leicht ausrechnen können: Wenn er den Kandlbauer so billig verräumen kann, dann wird er bei einer Scheidung auch den sparsamsten Weg suchen. Als Schnäppchenjäger.«

Frau Krobel schwieg.

»Dann wären Sie die Nächste gewesen. Und deshalb sind Sie ihm zuvorgekommen.«

»Davon weiß ich nichts.«

»Ihr Mann war solch ein Prahlhans, den haben Sie leicht aushorchen können. Dann haben Sie einfach den Umschlag aufgemacht, wahrscheinlich über einem Dampfkochtopf, und haben das Foto vom Kandlbauer mit einem Foto von Ihrem Mann vertauscht, nebst den Daten. Auf diese Weise hat Ihr Mann seine eigene Ermordung in Auftrag gegeben. Und auch noch selber bezahlt.«

»Das haben Sie sich fein ausgedacht.«

»Sie haben sich das fein ausgedacht.«

»Angenommen, Sie hätten recht? Wie wollen Sie so was denn beweisen?«

»Warten S' nur ab.«

»Wenn S' auf ein Geständnis hoffen … da müssten S' mich schon foltern. Und das gilt dann nicht.«

»Ihr Gewissen wird Sie quälen.«

»Mein Mann hat mich auch gequält, Herr Kommissar.«

»Wir schauen Ihnen auf die Finger.«

»Ich bin keine Schnäppchenjägerin, falls Sie das meinen. Das ist nicht meine Welt.«

»Irgendwann machen Sie einen Fehler. Sie begegnen einem Mann, dem Sie vertrauen, und dann verplaudern Sie sich.«

»Das kann ich mir nicht vorstellen.«

»Wenn Sie jetzt reinen Tisch machen, kriegen Sie mildernde Umstände.«

»Kein Interesse, Herr Kommissar. Ich hab nichts zu sagen. Nichts.«

39

Für die Anhörung im Innenministerium hat sich Kreuzeder rasiert und mit Anzug und Schlips ausgerüstet. Dass diese Kleidungsstücke verknittert waren, gab ihm bei wohlwollender Betrachtung den Anstrich eines sparsamen Beamten. Er fuhr sogar mit der Eisenbahn.

Der Ministerialrat empfing ihn mit einem Lächeln, für das sich ein Hai entschuldigt hätte.

»Mein Lieber, ich muss Sie leider mit einer Angelegenheit behelligen, die mir selber, wie Sie sich sicher denken können, sehr unangenehm ist. Mit der Beschwerdeführerin, Frau Doktor März, hab ich bereits gesprochen.«

»Die jungen Dinger sind eben übereifrig. Sie legen an einen einfachen Kriminalkommissar Maßstäbe an, denen nicht mal unser Bundespräsident genügen könnte.«

»Durchaus. Sie sind aber auch mal in dem Ruf gestanden, übereifrig zu sein.«

»Ich hab mich gebessert.«

»Nehmen S' doch Platz.«

»Danke.«

Die beiden Herren setzten sich. Dr. Kopf schob die Akte, die auf seinem Schreibtisch lag, zur Seite.

»Den Minister interessieren letzten Endes keine Formalien. Ob jemand pünktlich ist, das ist ihm herzlich wurscht. Das Ergebnis muss stimmen.«

»Ganz meine Meinung.«

»Die Oberbayern haben schon wieder gepunktet. München hat jetzt schon wieder eine höhere Aufklärungsrate.«

»Die Münchner tricksen. Sie haben einfach die Schwarzfahrer in die Kriminalitätsstatistik aufgenommen. Bei den Schwarzfahrern ist jede Anzeige gleichbedeutend mit der Aufklärung. Dadurch haben die in diesem Bereich hundert Prozent, und das haut die Aufklärungsquote kolossal nach oben. Die Dunkelziffer kennt natürlich niemand, weil die statistisch nicht erfassbar ist.«

»Und warum machen wir das nicht?«

»Wir haben keine U-Bahn. Wir könnten aber bei anderen Kontrolldelikten noch was machen.«

»Zum Beispiel?«

»Seit die Tschechen das Haschisch legalisiert haben, ist auch bei uns einiges los. Je mehr wir kontrollieren, umso mehr erwischen wir. Die Aufklärungsquote steigt. Ich gebe aber zu bedenken, dass damit auch die Kriminalitätsrate steigt.«

»Natürlich.«

»Je weniger wir kontrollieren, desto weniger Delikte haben wir. Es kommt drauf an, was Ihnen lieber ist.«

»Die Leut sollen sich sicher fühlen. Darauf kommt es an. Der Minister hat erst neulich zu mir gesagt, unsere Leut sind brav und unsere Polizei ist tüchtig.

Niederbayern hat eine niedrigere Kriminalitätsrate wie der Vatikan. So soll es bleiben.«

»An mir soll's nicht liegen.«

»Dann gehen S' jetzt mit mir mit. Es ist eh schon Mittag, und ich weiß ein Wirtshaus, da gibt es den besten Schweinsbraten von Landshut.«

40

Auch der Dezernatsleiter Becker wurde im Zuge der Dienstaufsichtsbeschwerde gegen seinen Untergebenen zu einer Anhörung nach Landshut gebeten, nachdem er seinen Kuraufenthalt in Bad Reichenhall beendet hatte. Dabei muss auch der immer noch nicht endgültig geklärte Mähdreschermord zur Sprache gekommen sein. Jedenfalls fühlte sich Becker nach diesem Gespräch mit dem Ministerialrat dazu ermuntert, sich nun höchstpersönlich um diese Angelegenheit zu kümmern.

Er fuhr mit dem wiedergenesenen Kollegen Klotz zum Tatort, um sich die bislang auffallend schweigsame Bäuerin vorzuknöpfen. Sie trafen sie in der Küche an, beim Putzen. Später gab sie zu Protokoll, dass sie den Hof, der ja nun versteigert worden war, in einem ordentlichen Zustand hinterlassen wollte. Aber als sie die beiden Männer sah, hätte sie die Wut gepackt. Dabei war Becker zunächst nicht unhöflich gewesen.

»Grüß Gott, Frau Holzner. Wir sind von der Kripo.«

»Raus!«

»Wir haben bloß ein paar Fragen.«

»Raus, sag ich!«

Becker zückte seinen Dienstausweis.

»Hier, schaun S'. Entweder, Sie bequemen sich jetzt

zu einem vernünftigen Ton, oder wir nehmen S' mit aufs Revier. Das können wir nämlich.«

»Hauts bloß ab, ihr Strauchdiebe! Bevor ich hier rausgeh, brenn ich alles nieder, das sag ich euch gleich!«

Sie rannte an den beiden vorbei nach draußen, lief quer über den Hof und hinaus aufs offene Feld. Becker hielt Klotz, der die Verfolgung aufnehmen wollte, zurück.

»Lassen S', bleiben S' da. Das sollen die Kollegen von der Streife machen.«

Er kramte sein Handy heraus und telefonierte.

»Hier Becker, Mordkommission Passau. Geh, schicken S' einen Streifenwagen nach Rechenbrunn, in die Kressenau. Zum Holznerhof. Die Bäuerin hat angekündigt, den Hof abzufackeln, und ist jetzt flüchtig ... Ja, genau, zu Fuß, weit kann sie nicht sein. Verhaften und zu uns nach Passau ... Ja, genau.«

In der Luke oberhalb des Scheunendachs tauchte ein Kindergesicht auf.

»Was wollt ihr Banditen von Miss Moneypenny?«

Becker sah nach oben.

»Wer bist denn du?«

»Mein Name ist Bond. James Bond.«

Klotz gab später zu Protokoll, dass er eine Flasche durch die Luft fliegen sah und so, wie er es bei seinem Afghanistanaufenthalt gelernt hatte, weghechtete. Das hat ihm das Leben gerettet. Becker war nicht in Afghanistan gewesen.

Es ist nie geklärt worden, woher der Bub die Kenntnisse zur Herstellung eines Molotowcocktails hatte. Er behauptete, dass dies zur Grundausbildung eines Agenten gehört. Klotz vermutete, dass er sich die Bauanleitung aus dem Internet gefischt hatte.

Als Nachfolger Beckers wurde Kreuzeder berufen, der auch gleich zum Kriminalrat befördert wurde. Eine seiner ersten Amtshandlungen war es, bei der Staatsanwaltschaft die Freilassung Holzners zu erwirken. Dessen seinerzeit im Verhör geäußerte umstürzlerische Drohungen seien in einer affektiven Ausnahmesituation ausgestoßen worden und im Grunde eine Art Stammtischgeschwätz gewesen. Außerdem sei er ja zu Unrecht eingesperrt worden und war deshalb außer sich.

Kreuzeder holte Holzner sogar persönlich ab, als der aus dem Gefängnis kam.

»Grüß Gott, Herr Holzner.«

»Zu Ihnen steig ich nicht ins Auto.«

»Wollen S' lieber nach Haus laufen?«

»Haben Sie nach Haus gesagt? Ausgerechnet Sie?«

»Herr Holzner, von mir aus können S' ruhig am Hof bleiben und weiterwurschteln.«

»Wollen S' ihn mir verpachten, oder was? Den Holznerhof?«

»Warum nicht?«

»Soll des ein Witz sein? Die Landwirtschaft lohnt sich doch nimmer. Das hat schon ohne Pacht nicht hinghaut.«

»Sie können ja was dazuverdienen. Ich könnt gelegentlich einen Gärtner brauchen und eine Köchin.«

»Sonst noch was?«

»Erben tut den Hof dann einmal Ihr Bub, der Moritz. Und zwar schuldenfrei.«

Jetzt horchte der Holzner auf.

»Ist das Ihr Ernst?«

»Natürlich nur unter einer Bedingung. Dass ich eines natürlichen Todes sterb. Und dass er auch sonst nichts mehr anrichtet. Das mach ich notarisch.«

Mao Tse-tung hat gesagt, Bauern sind schwer erziehbar. Kreuzeder jedoch war der Überzeugung, dass es sehr wohl eine Möglichkeit gab, einen bayerischen Bauernbuben zu disziplinieren. Schon seit jeher hingen die Bauern in diesem Landstrich juchtenzäh an ihrem Sach. Alles andere, die romantische Liebe, religiöse Gefühle oder sogar der Wunsch, die Welt zu retten, verblassten, wenn es darum ging, das Sach zu retten.

Das Jugendamt folgte seiner Einschätzung allerdings nicht und entschied, dass das Kind in ein Heim verbracht werden müsse. Es sei denn, eine ausgewiesene Fachkraft übernimmt seine Betreuung.

Kreuzeder gab Frau Dr. März als behandelnde Psychologin an. Damit kam Moritz erst mal um einen Heimaufenthalt herum, aber es dauerte nicht lange, bis die März Wind davon bekam. Ohne anzuklopfen, stürmte sie in das Büro des neuen Dezernatsleiters.

»Ich hab Ihnen doch gesagt, dass ich mir das nicht zutrau.«

»Ich halt Sie für einsame Spitze.«

»Läuft denn das Kind noch immer frei herum?«

»Es ist ja noch nicht strafmündig.«

»Aber es muss doch endlich aus dem Verkehr gezogen werden! Es hat einen Sparkassenangestellten beseitigt, einen Vertreter zum Invaliden gemacht und einen hohen Polizeibeamten in die Luft gesprengt! Und es hat offenbar Gefallen gefunden an diesem Spiel!«

»Als Leiter des Morddezernats habe ich entschieden, dass wir erst mal gar nichts machen.«

»Aber das geht doch nicht.«

»Natürlich geht das. Die wahren Schuldigen kriegen wir sowieso nicht zu fassen. Also machen wir nichts.«

Dass in der Mordkommission noch viel gearbeitet wurde, seit Kriminalrat Kreuzeder dort der Chef war, kann man nicht gerade behaupten. Es war aber auch nicht nötig, weil kaum noch Morde passierten. Zumindest tauchten keine in der Statistik auf. Das entschied ja schließlich der Dezernatsleiter, ob ein Mord vorlag oder ein Unglücksfall.

Das Ministerium war über den Rückgang der Gewaltdelikte sehr zufrieden, die Menschen in dieser Gegend fühlten sich sicherer. Das war natürlich auch was wert.